KB183745

같이
걷는다는 건
말이야

같이 걷는다는 건 말이야

열정 남교사가 아이들과 함께하며 기록한 성장에세이

초 판 1쇄 2025년 02월 20일

지은이 지용기
펴낸이 류종렬

펴낸곳 미다스북스
본부장 임종익
편집장 이다경, 김가영
디자인 윤가희, 임인영
책임진행 김요섭, 이예나, 안채원, 김은진, 장민주

등록 2001년 3월 21일 제2001-000040호
주소 서울시 마포구 양화로 133 서교타워 711호
전화 02) 322-7802~3
팩스 02) 6007-1845
블로그 http://blog.naver.com/midasbooks
전자주소 midasbooks@hanmail.net
페이스북 https://www.facebook.com/midasbooks425
인스타그램 https://www.instagram.com/midasbooks

ⓒ 지용기, 미다스북스 2025, *Printed in Korea.*

ISBN 979-11-7355-072-0 03810

값 18,000원

미다스북스는 다음세대에게 필요한 지혜와 교양을 생각합니다.

같이
걷는다는 건
말이야

지용기
지음

열정 남교사가 아이들과 함께하며 기록한 성장에세이

미다스북스

추천사

'피를 나눈다.'라는 표현은 인간에게도 국가 간에도 매우 가깝고 끈끈한 사이를 나타내는 바로미터입니다. 여기 그러한 소중한 피를 모아 사람을 가장 우선으로 생각하는 가치에 바치는 것을 보람으로 여기며, 제자들과 나누고 있는 선생님의 이야기가 있습니다.

우리나라 곳곳에 아름다운 자연 경관을 만끽하며 바람을 가르고 달릴 수 있는 자전거 길이 많이 있습니다. 여기 두 팔로 자전거 길에 담아온 제자들의 꿈을 자전거와 함께 번쩍 들어올리며, 독립운동의 발자취를 미래로 계승해나갈 포부를 밝혀가는 선생님의 환한 웃음이 있습니다.

서로 등을 밀어주고 손을 잡아 당겨주며 땀방울이 주는 교훈을 몸소 새기고, 더 많은 사람들과 나눌 수 있는 예쁜 숲길로 가꾸어나가며 학생들의 멋진 삶을 산에 수놓는 선생님의 살아 숨 쉬는 감동이 있습니다.

많은 사람들이 인성교육과 진로진학교육을 학교교육의 양대 산맥으로 꼽을 만큼 중시하지만, 이 둘의 거리는 실제보다 심리적으로 조금 더 멀게 느껴질 때도 있습니다. 그러나 이 책에서는 그 간격이 가까워 보입니다. 제자들이 먼저 자신을 돌아보고 벗들과 행복하게 어울리며 좋은 사람이 되어, 장차 자신의 꿈을 펼쳐갈 대학에 진학하여 그 학교를 더 좋은 대학으로 거듭나도록 만들어줄 만한 인재로 성장시키는 모습을 보면서 느낀 감명 깊은 이야기가 이 책의 여러 곳에서 발견되리라 믿습니다.

지용기 선생님은 다른 분야처럼 성장에 있어서도 사제동행을 이어가고 있다고 생각합니다. 이제 그 정도면 꽤 상당하다고 느껴지는데도 도무지 자신의 성장을 향한 전진에 만족할 줄 모르고 노력합니다. 그러면서도 교육과 학생에 대한 겸손하고 진중한 자세로 두 손을 모아 궁구하고 실천하는 교사입니다.

사제동행의 진수를 엿보고 싶은 분들, 인성교육과 진로진학교육의 절묘한 앙상블을 맛보고 싶은 분들, 학생들과 서로 배우며 즐겁게 성장하는 선생님의 이야기를 살펴보고 싶은 분들께 이 책이 따뜻한 길잡이가 되어주기를 소망합니다.

홍성대 경상북도교육청 장학사

지용기 선생님은 고등학교 교감으로 재직하는 학교에서 처음 만났습니다. 인근 학교에 근무하셨던 선 명성이 자자하였던 터라 만기로 전보 내신서를 제출해야 한다는 소식을 듣고 본교로 모셔 오기 위하여 공을 들였습니다. 막 성장의 발판을 다지고 있던 학교였으므로 한 분의 선생님이 학생과 다른 경험이 부족한 선생님들에게 미치는 영향은 지대했습니다. 따라서 역량과 경험, 열정을 가진 선생님이 매우 절실한 상황이었죠. 그런 어려운 학교에 기꺼이 오셔서 같이 근무한 1년 6개월간의 기간은 지 선생님을 알기에 부족한 기간이었지만, 학교생활을 하며 보여주었던 당시 느꼈던 많은 감동적인 순간들은 잊을 수가 없습니다. 학생들을 위한 것이라면 힘들고 어려울지라도 동료 교사들과 기쁜 마음으로 하셨던 이유를 이 책을 읽으며 이해가 되었고 확인할 수 있었습니다.

책은 첫 페이지를 펼치는 순간부터 교사로서의 삶에 대해 깊이 공감하고 생각하게 만드는 따뜻한 이야기로 가득합니다. 교직에 들어선 이유는 제각기 다를 수 있지만, 학생들과 함께하는 과정에서 맞닥뜨리는 도전과 고민은 모든 교사들에게 익숙한 경험일 것입니다. 이 책은 그러한 순간들을 담담하면서도 진솔하게 풀어내며 독자들에게 깊은 울림을 전합니다.

지용기 선생님은 단순히 학생들을 가르치는 교사를 넘어, 그들과 함께 삶을 나누고 성장하려는 교사의 모습을 보여줍니다. 자전거 타기, 등산, 헌혈과 같은 다양한 활동을 통해 학생들과 더 가까워지려 노력하며, 이 과정에서 학생들의 자신감과 긍정적인 변화를 이끌어냅니다. 이러한 이야기들은 교사로서의 도전이 단순히 업무를 넘어, 사람과의 관계 속에서 이루어지는 소중한 경험임을 일깨워줍니다.

마지막 장을 덮으며 독자들은 교사로서의 길이 결코 쉽지 않지만, 그 여정이 학생들과 함께하는 삶 속에서 더욱 빛날 수 있음을 느낄 것입니다. 이 시대 많은 교사들이 이 책을 통해 자신의 가르침과 노력을 되돌아보며, 학생들과 함께 만들어가는 여정을 더욱 소중히 여기길 응원합니다.

장명순 전 구미여자중학교 교장

저는 지용기 선생님과 같이 근무하며 그의 교육 활동들을 곁에서 지켜 봤습니다. 이 선생님은 '찐'입니다. 학교에서는 보기 드문 선 굵은 교육을 하는 교사입니다.

교직은 무척 어렵습니다. 요즘은 더욱 그러합니다. 열정으로 시작했지만, 주변으로부터 상처받고 움츠러든 교사들을 보게 됩니다. 그저 욕 먹지 않는 것, 민원을 피하는 것이 최고 목표가 된 선생님들을 많이 보게 됩니다.

혹시 당신도 그렇다면 이 선생님의 이야기를 읽어보기를 권합니다. '굳이 저렇게까지?'라는 남들의 시선에도 꿋꿋하게 자신의 길을 학생들과 함께 뚜벅뚜벅 걸어가는 단단한 모습을 보면 여러분의 마음속에도 조금씩 용기가 자라날 것입니다.

교사를 꿈꾸는 학생들에게도 이 책을 적극 추천합니다. 작은 역경이나 고난은 웃으며 헤쳐 나가는 그의 모습에서 교직을 통해 얻을 수 있는 행복과 보람이 무엇인지 깨달을 수 있을 것입니다.

김광일 구미산동고등학교 교사

10년 전 지용기 선생님이 학생들과 함께 헌혈의집 구미센터를 방문하셨어요.

웃픈 이야기지만 학생들 표정이 자발적이거나 행복해 보이지는 않았습니다. 그런데 선생님 말씀이 학생들에게 헌혈이 얼마나 중요한 봉사인지 직접 보여주고 싶다고 하셨습니다.

헌혈이 끝난 후 학생들의 표정은 센터를 방문했을 때와는 다르게 봉사의 기쁨이 가득한 얼굴이었습니다. 그렇게 그날부터 부임지마다 새로운 봉사단체를 만들어 지속적으로 학생들과 함께하는 헌혈을 하고 계시지요. 그 영향으로 10년 전 학생이 아직도 지용기 선생님 제자입니다 하고 헌혈하고 갑니다. 선생님께서도 330회라는 놀라운 헌혈 기록으로 학생들에게 더욱 큰 울림과 본보기가 된다고 생각합니다.

저는 『같이 걷는다는 건 말이야』라는 책은 상남자 선생님이 제자들에게 표현하는 한없이 순박한 사랑과 응원 같습니다. 선생님은 항상 학생들과 함께 걸으며 헌혈과 봉사의 가치를 나누고 계십니다. 이 책이 더 많은 이들에게 선생님의 뜻깊은 여정을 알리고 나눔의 아름다움을 전하는 기회가 되기를 진심으로 바랍니다.

최찬영 구미 헌혈의집 간호사

2018년 상모고등학교에서 처음 선생님을 만났을 때, 저는 평범한 학생이었지만 선생님께서는 저를 더 넓은 세상과 가치 있는 삶으로 이끄는 길잡이가 되어주셨습니다. 함께 영산강, 북한강, 동해안 등 전국 자전거 길을 달리며 수백 킬로미터를 완주한 경험은 도전과 끈기의 본질을 몸소 느끼게 해주었습니다. 선생님께서는 날씨에 상관없이 학생들과 늘 함께하시며 행동으로 지도자의 모범을 보여주셨습니다.

헌혈 100인 릴레이 캠페인은 제 인생에서 가장 의미 있는 활동 중 하나로 남아 있습니다. 헌혈증 100매를 모아 기부하며 생명을 살리는 나눔의 가치를 배웠습니다. 선생님께서는 수백 회의 헌혈로 이웃 사랑을 실천하시며, 나눔의 본질을 행동으로 가르쳐주셨습니다.

대학생 시절 전국대학새마을동아리연합회 회장으로 공동체를 위해 헌신했던 경험도 선생님과의 시간이 있었기에 가능했습니다. 선생님께서는 늘 자신보다 학생들을 먼저 생각하셨고, 공동체를 위해 기여하는 삶의 중요성을 심어주셨습니다.

선생님은 저에게 가장 존경하는 스승이자 삶의 큰 축이 되어 주신 분입니다. 선생님의 책 『같이 걷는다는 건 말이야』 이 책이 더 많은 사람들에게 따뜻한 울림과 가르침을 전해주길 진심으로 바랍니다.

박준영 제자

지용기 선생님은 저에게 늘 자랑스럽고 든든한 후배입니다. 함께 3학년 담임을 맡았을 때 지 선생님은 이미 열정과 노력으로 가득 찬 교사였습니다. 학생 생활지도와 진학 지도를 위해 밤늦게까지 고민하고, 새벽같이 출근하며 학생들의 미래를 위해 헌신했던 그 시절이 지금도 생생합니다.

학생들과의 시간을 소중히 여기며, 그들을 변화시키기 위해 끊임없이 도전했던 지 선생님의 모습은 제게도 잊을 수 없는 소중한 기억입니다. 또한, 새로운 도전을 두려워하지 않고 그 과정에서 배우고 성장하는 모습을 보며 저 역시 후배에게 많은 것을 배웠습니다.

CON 등산 동아리는 제가 시작했지만, 지용기 선생님이야말로 이를 큰 나무로 키운 분입니다. 학생활동, 금연 등산, 사제동행 등산, 학부모와 함께하는 등산 등으로 확장하며, 단순한 동아리를 넘어서 학생들의 성장과 생활지도를 위한 중요한 플랫폼으로 만들어낸 선생님의 열정은 정말 대단했습니다. 헌혈, 사제동행 라이딩, 등산 등 다양한 활동 속에서 학생들에게 나눔과 동행의 가치를 전했던 선생님의 노력은 많은 학생들에게 깊은 영향을 주었을 것입니다.

순대국밥 한 그릇에 담긴 열정과 함께했던 소박한 시간들이 지 선생님의 교육 철학에 큰 밑거름이 되었음을 알기에, 『같이 걷는다는 건 말이야』가 더 많은 이들에게 따뜻한 울림을 줄 것이라 확신합니다. 이 책의 성공을 진심으로 기원합니다.

김장수 성주고등학교 교사

일러두기 이 책에서 소개된 사례 속 학생들의 이름은 모두 가명입니다.

서문

This is me

2013년부터 지금까지 한 해도 빠지지 않고 학생들과 등산을 했다. 2015년부터 학생들과 함께 헌혈을 하며 모은 헌혈증 517매를 모두 기부했고 2016년부터는 학생들과 함께 1655km를 자전거로 이동하며 소중한 추억들을 쌓아왔다.

지금까지 꿋꿋이 살아온 나의 삶을 돌아보고 정리해 봤다. 삶에 우여곡절들이 많았다.

학생들과 함께했던 여러 활동이 생각났다. 교사가 되어 너무 즐겁다는 생각이 먼저 떠올랐다. 그랬다. 학생들이 너무 생각나서 주말에도 출근하고 싶었다. 어떤 사람들은 내가 열심히 사는 모습을 보며 그 속에 어떤 목적이 있는지 궁금해하기도 한다. 가족들도 "도대체 왜 그렇게 사서 고생을 해?"라고 묻기도 했다. 이런 내가 이상해 보일 수도 있겠다.

군이 시간을 더 내서 학생들을 데리고 산으로 갈 필요가 없다. 외부 체험 활동을 해야 한다면 안전한 근처 공원 정도만 가도 된다. 헌혈도 학교에서 하는 단체 헌혈만 하면 되지 작은 차에 꽉꽉 끼어서 헌혈의 집으로 가지 않아도 된다. 사고 위험으로부터 늘 자유로울 수 없는 자전거보다는 걷기를 활동으로 하는 편이 낫다. 사람들이 '무슨 목적이 있기에 저렇게 열심히 사는 걸까?'라고 생각하는 것은 어쩌면 당연하다.

내가 이렇게 하는 이유는 이 일들이 나에게도 즐거움을 주기 때문이다. 나 역시 등산, 헌혈, 자전거 타기를 수십 년 해왔고 좋아하기 때문에 가능한 것이다. 누가 시킨 일이라면 절대 이어올 수 없었을 것이다.

나 역시 지칠 때도 많았다. 인성교육도 중요하지만, 기본으로 해야 할 수업은 더욱 중요하다. 맡은 역할에 따라 주어진 일들도 많다. 교사라는 직업의 책임감은 큰 부담이기도 하다. 모든 일을 열심히 하고 싶기도 하다. 잘 해내려면 더 힘을 내야 한다는 것도 알고 있지만, 지쳐서 기운을 잃게 될 때가 있다. 아무도 모르는 곳으로 도망가고 싶을 때도 있었다.

그럴 때마다 초심으로 돌아가려고 노력한다. 처음 제자들을 만났을 때를 생각하려 한다. 설레는 마음으로 학생들이 원하는 것이 있다면 슈퍼맨처럼 무엇이든 다 해주고 싶었다. 어리숙하지만 자신감 넘쳤고, 미련해 보이지만 뚝심 있었던 그때를 생각하면 힘이 솟는다.

교사가 된 첫 해 하늘나라로 떠난 첫 제자가 있다. 경민이. 경민이 부모님이 이런 말씀을 하셨다.

"선생님, 부디 다른 아이들에게도 우리 경민이에게 해주셨던 것처럼 사랑을 많이 주시고 잘 가르쳐주세요. 선생님 같은 분과 오랜 시간을 함께 보냈다면, 경민이도 정말 멋진 아들로 자랐을 텐데, 너무 아쉬워요."

먼저 자식을 떠나보낸 슬픈 상황에서도 나를 믿어주고 지지해 주는 학부모님이 계신다는 것만으로도 나는 참 복된 교사의 삶을 살고 있는 것이다.

지금, 이 순간을 놓치면, 앞으로는 아예 기회가 없을지도 모른다. 그들이 바르고 성숙한 사람으로 자랄 수 있도록, 지금 내가 할 수 있는 모든 것을 다하자.

교직 12년 차

책을 쓰기에는 아직 교직 경력도 짧고 글솜씨도 부족하지만, 나는 지나온 시간의 기록을 공개하기로 결심했다. 완벽에 가까운 멋진 삶을 살고 그 삶을 완벽한 글로 써낸다면, 얼마나 좋을까. 서툴게나마 내 나름의 방식으로 교직 생활에서 보람을 느끼며 살아가고 있음을 보여줄 수 있다면, 그것이 누군가에게는 또 다른 힘이 될 수 있지 않을까 생각했다.

나를 보며 "저 교사보다는 내가 더 잘할 수 있겠다."라고 생각해도 괜찮다. "나도 저 정도만 노력하면 충분히 잘할 수 있겠다."라고 여겨도 좋다. 어떤 방식으로든 나의 모습을 보고 누군가가 힘을 얻는다면, 글을 쓰는 사람으로서 보람되고 기분 좋은 일일 것이다.

"나는 여전히 여러모로 느리고 어리숙한 면이 많다."

고등학교 2학년 때 처음 헌혈을 시작하고 현재까지 330회의 헌혈을 했다. 하지만, 아직도 헌혈의 집에 가서 주삿바늘을 꽂을 때면 처음 할 때처럼 마음이 떨리고 긴장이 된다. 자전거를 30년 동안 수만 킬로미터를 타왔다. 하지만, 학생들을 데리고 근처 라이딩활동을 가는 날엔 뭘 하나씩 빠트릴 때가 있다. 그래서 새벽부터 준비를 하고, 학생들이 안전하게 라이딩을 마칠 수 있도록 간절히 기도한다. 대한민국 100대 명산과 백두대간 등산을 꾸준히 해 왔지만, 학생들과 산행할 때 필요한 물의 양을 잘못 예상하여 물을 많이 챙겨 무거워서 고생할 때가 많았다. 10년이 넘게 영어 과목을 가르치고 있지만, 수업 준비가 부족하다고 느낄 때는 교실 문을 열기가 두렵다.

그럼에도 이러한 이야기를 들어주는 사람들이 있고 그들의 응원을 받으며 책을 쓰고 있다. 책을 쓰면서 여전히 실수 많은 자신을 자책하기보다는 '그럼에도 불구하고'라는 생각을 많이 하게 되었다.

그때 내가 조금 더 많이 알아서 학생을 더 잘 지도했더라면 학생이 더 가고 싶어 하는 대학에 진학시켰을 수 있었을 텐데. 그럼에도 불구하고 대학교에서 열심히 공부하고 졸업해서 지금 최고의 기업에 취직해서 나를 찾아오지 않았나.

함께 자전거 탈 때 내가 그길로 가지 않았다면 학생이 다치지 않았을 텐데. 그럼에도 불구하고 학생이 잘 회복해서 또 이번 라이딩활동에 함께하지 않는가. 그럼에도 불구하고 병원에서 부모님은 오히려 내게 고맙다고 말씀해 주시지 않는가.

헌혈을 할 때 사전에 조금만 더 설명하고 확인했더라면 그 학생이 헌혈도 하지 않고 미주신경질환으로 잠깐 실신하는 일도 없었지 않았을까. 그럼에도 불구하고 잘 회복하고 관리하여 그 이후 헌혈 활동에 더 많이 참여하는 학생이 되지 않았는가.

감사하게도 많은 것을 이루면서 살아왔다. 내가 지금까지 내 일을 사랑하며 해올 수 있었던 것은 결국 학생들, 학부모님들, 그리고 선생님들 덕분이다. 부족한 내가 최선을 다할 때, 주변 사람들은 나를 도와주었다. 나를 둘러싼 좋은 사람들 덕분에 모든 것들이 잘 될 수 있었다. 내가 완벽했다면 과연 그럴 수 있었을까?

나는 여전히 부족하다. 그럼에도 불구하고 나는 할 수 있다.
그것이 내가 글을 쓰면서 내린 결론이다.

목 차

1장
동반성장의 첫걸음을 떼다

: 사제동행 활동

나는 폭풍이 두렵지 않다.

나의 배로 항해하는 법을 배우고 있으니까.

- 헬렌 켈러

무언가를 처음 시도해 보자고 마음먹었을 때, 예상치 못한 시련들이 찾아왔다. 그중 가장 힘들었던 순간은 가장 사랑했던 제자가 먼저 하늘나라로 떠났을 때였다. 그때의 폭풍은 내가 상상했던 것보다 훨씬 더 거셌다. 그러나 제자의 어머니께서 해주신 말씀이 내가 걸어가고자 하는 길이 틀리지 않았음을 다시금 일깨워줬다.

'그래, 시련은 있을지언정 실패는 없다. 나는 나만의 방식으로 교사로서의 삶을 살아가면 되는 것이다. 다만, 누구에게나 찾아오는 어려움이 나에게는 조금 일찍 온 것일 뿐이었다.'

그 일을 겪으며, 아이들을 지키고 바르게 교육하겠다는 나의 다짐과 목표는 오히려 더 강해졌다. 나는 결심했다. 아이들과 함께 소중한 추억을 쌓고, 그들이 단순히 공부뿐 아니라 모든 면에서 건강한 어른으로 성장할 수 있도록 돕겠다고.

1.

사제동행활동을 시작한 이유

사제동행(師弟同行)이란 말 그대로 교사와 학생이 같이 걸어간다는 뜻이다. 교사와 학생이 함께 참여하는 다양한 활동을 의미한다.

2013년, 여름방학을 나흘 앞둔 금요일, 나는 반 아이들과 1박 2일 단합대회를 계획하고 있었다. 중학생들에게 학교에서 저녁을 먹고 강당에 이불을 펴놓고 공포영화를 보는 일은 얼마나 기대되는 일이었을까? 아이들은 모두 들떠 있었다. 개구쟁이였던 경민이도 마찬가지였다.

"선생님 저 오늘 병원 가서 단합대회에는 참여 못할 것 같아요. 2학기에도 꼭 해주세요. 그때는 꼭 참여할게요."

그러나 불행히도, 조퇴한 그 아이는 다음날 의식불명 상태가 되었다.

'대학병원에서 그런 실수를…!'

(물론 대학병원에서는 과오를 인정하지 않았다. 그래서 경민이 가족들은 한 번 더 크게 힘들어 했다.)

'의식불명….' 청천벽력과 같은 소리였다. 기적을 바라며 몇 번이나 반 아이들과 함께 병원을 찾았다. 손을 잡아주고 힘내라고 응원했지만, 결국 그 아이는 반으로 돌아오지 못하고 하늘나라로 떠났다.

장례식장에서 경민이 어머니가 아이 사진을 보며 말씀하셨다.

"선생님, 감사합니다. 최근에 찍은 사진이 없었는데 선생님 덕분에 아이의 모습을 더 볼 수 있네요."

산에서 함께 찍은 사진을 영정 사진으로 쓰고 있었다. 어머니의 말에 너무 황송하여 그 어떤 말조차 할 수 없었다. 눈물만 났다. 어머니는 이어서, "아침마다 말썽 피운 아이들을 데리고 산에 올라가시느라 고생 많으셨지요? 앞으로도 아이들을 잘 이끌어 주실 거라 믿어요. 우리 아이도 잘 회복되어 선생님과 더 많은 추억을 쌓을 수 있었다면 좋았겠지만……." 그 상황에서 오히려 내게 "고맙다, 미안하다."라고 말했다. 감히 상상도 할 수 없을 자식을 잃은 슬픔 속에서…….

어머니의 말씀이 혼미한 내 정신을 세게 치는 것 같았다.

'지금 슬퍼하고 불안해하고 스스로 자책만 하고 있을 시간이 아니야. 지금이, 네가 학생들과 뭐라도 할 수 있을 지금이 골든타임일 수 있잖아!'

내가 교직 생활을 어떤 방향으로 이어가야 할지를 일깨워 주었다. 그때 결심한 나의 갈 길은 아이들과 함께 걸어가는 삶이었다.

집으로 돌아오는 길, 아이와 함께했던 수많은 기억이 머리를 스쳤다.

'이렇게 갑자기 떠날 줄 알았더라면 조금 더 많은 시간을 보내줬을 것을······.' 하는 아쉬움이 깊게 밀려왔다. 너무 답답할 때는 눈물도 나지 않는다는 것을 알게 되었다. 아이를 잃은 충격에 다시 교단에 설 수 있을까 하는 생각까지 들었다.

어머니의 마지막 말씀이 떠올랐다.

"선생님이 앞으로도 아이들을 잘 이끌어 주실 거라 믿습니다."

그 순간 나는 앞으로 나아갈 희망을 찾기 시작했다. 경민이 어머니와의 약속을 지키기 위해서라도, 아이들과 더 많은 시간을 보내며 믿음과 사랑으로 잘 가르치고 좋은 추억을 만들어야겠다고 다짐했다.

그 이후로 나는 아이들과 더 많은 시간을 함께 보내고, 그들의 생각과 성장을 이해하려 노력했다. 학생들과 산에도 더 자주 오르고, 자전거를 타며, 헌혈을 통해 아이들과 함께하는 시간을 더 늘려 갔다. 그렇게 아이들과 부대끼며, 그들과 동행하는 삶은 나의 당연한 일상이 되었다.

지금의 나를 만들어 준 것은, 먼저 간 제자 경민이 어머니의 당부 말씀 덕분이다. 앞으로도 그 다짐을 지키기 위해, 아이들과 부대끼는 삶을 계속 이어갈 것이다.

인생의 비극은

목표에 도달하지 못한 것이 아니라

도달할 목표가 없는 데에 있습니다.

꿈을 실현하지 못한 채

죽는 것이 불행한 것이 아니라
꿈을 갖지 않은 것이 불행입니다.

(중략)

하늘에 있는 별에 이르지 못하는 것이
부끄러운 일이 아니라
도달해야 할 별이 없는 것이
부끄러운 일입니다.

- 작가 미상

목표가 있다는 건 힘들어도 가치 있는 일이다. 꿈을 꾸고 새로운 생각을 시도할 수 있다는 것은 우리가 성장하고 있다는 증거다. 별에 닿지 못해도 그 별을 바라보며 나아가는 용기를, 내 이름처럼 잃지 않을 것이다.

2009년부터 군에서 장교로 생활할 때, 나의 목표는 단 하나였다. 부하들 중 어느 한 명도 다치지 않고 무사히 전역시키는 것이었다. 그리고 6.25 유해 발굴, GOP작전, 호국 훈련 등 여러 굵직한 작전과 훈련 상황에서도 부하들을 안전하게 지키고 전역시켰다.

교사로서 처음 학교에 발령을 받았을 때에도, 학교에 있는 아이들 모두를 무사히 집으로 돌려보내는 것이 나의 최우선 과제였다. 그러나 첫 발령지에서 만난 첫 제자인 경민이를 먼저 떠나보내면서, 그 과제에 실패했다.

하지만 아이들과 동행하며 그들을 지키고 바르게 교육하겠다는 나의 다짐과 목표는 오히려 더욱 강해졌다. 단순히 무사히 돌려보내는 것에서 발전해, 아이들과 함께 소중한 추억을 많이 쌓고, 그들이 공부뿐만 아니라 모든 면에서 건강한 어른으로 성장하도록 돕겠다고 다짐했다. 이는 내 교직의 선명한 목표가 되었다. 이 목표 때문에 내 삶은 이전보다 바쁘고 고단해졌다. 하지만 아이들과 함께한 시간을 되돌아보면 마음속에는 소중한 추억들로 가득하다.

2.

헌혈을 통해 함께 나눔, 성장

'한 아이를 키우려면 온 마을이 필요하다.'

고등학교 교사로서 학생들을 지도하며 늘 마음에 새기는 말이다. 요즘 뉴스에서는 학생들의 범죄나 일탈이 자주 보도되며, 학생들의 폭력성을 우려하는 목소리가 커지고 있다. 하지만 실제로 학생들을 지도하다 보면 여전히 학생들은 순수하며, 일탈을 경험한 학생들도 적절한 계기만 있으면 다시 제자리로 돌아오는 것을 자주 보게 된다. 그 계기 중 하나가 바로 헌혈증 100장 기부 릴레이와 같은, 교사, 학교, 학부모, 그리고 지역사회가 함께하는 봉사활동일 것이다.

헌혈의 추억

"선생님 잘 지내시죠? 국밥집에 오니깐 선생님과 함께 헌혈하고 식사하던 것이 생각나서요."

2019년 2월, 졸업한 학생으로부터 연락이 왔다. 서울에 있는 학교로 진학하여 열심히 공부하고 있는데 마음이 힘든 것이 있는지 목소리에 힘이 없다. 졸업한 학생들에게 연락이 오면 반가운 마음이 들면서도 걱정도 된다. 행여나 혹시 무슨 일이 있을까 싶어서다.

"그래, 무슨 일 있는 건 아니지?"

"네, 선생님. 고향 내려가면 선생님하고 같이 헌혈도 하고 얘기도 나누고 싶어요. 미리 연락드릴게요."

이내 함께 헌혈했던 이야기를 하면서 힘을 내는 모습을 보니 안심이 된다.

고등학교 2학년 때, 아버지가 간질환으로 병원에 입원하셨을 때 주위 사람들로부터 헌혈증을 받아 큰 도움을 받았다. 그 덕분에 우리 가족은 어려운 시기를 잘 이겨낼 수 있었고, 그때부터 헌혈이 생명을 살리는 일임을 깨달았다. 평생 헌혈을 이어가기로 결심했다. 헌혈을 본격적으로 많이 하기 시작한 것은 대학교 입시에 실패하고 서울에서 공부할 때였다. 경제적으로 풍족하지 못했다. 농사짓는 시골 부모님께 돈 받아쓰기도 염치없다고 느낄 때, 헌혈을 마치고 받는 햄버거 교환 쿠폰은 상당히 큰 보상이었다. 그랬다. 그 시절 나는 햄버거가 먹고 싶어서 정기적으로 헌혈을 이어갔다.

헌혈을 지속하면서 헌혈증과 기록도 쌓여갔다. 헌혈 30회를 마쳤을 때, 이름이 새겨진 은장 포장증과 기념 USB를 받게 되었다. 꾸준히 헌혈에 참여하는 헌혈자들에게는 누적 횟수에 따라 30회 은장, 50회 금장, 100회 명예장, 200회 명예대장, 300회 최고명예대장이 수여된다. 포장증을 받으면서 '나도 꽤 가치 있는 존재구나.'라는 생각을 하게 됐다. 헌혈증 매수와 함께 자신감이 쌓여갔다. 타지에서, 대학 생활을 하며, 군대에서도, 교사생활을 하면서도 헌혈 봉사를 계속 해왔다. 23년 동안 330회의 헌혈을 했으니 내 인생의 절반 이상을 헌혈과 함께 해온 셈이다. 이 자신감 덕분에 지금도 헌혈하는 교사가 될 수 있었던 것 같기도 하다.

스스로가 헌혈로 삶의 의미를 찾았던 것처럼 학생들도 헌혈 봉사를 통해서 자신의 인생의 가치를 찾기를 바랐다. 학생들에게 헌혈을 같이 해보자고 이야기했다. 당시 근무하던 학교는 두 번째 발령을 받은 학교로, 인문계 고등학교였지만 실업계 입학마저 좌절되어 온 학생들이 많은 학교였다. 낮은 성적으로 자존감도 낮아지고 움츠러든 학생들과 가까워지기란 쉽지 않았다.

처음 학생들에게 말을 걸고 무언가를 함께하자고 제안했을 때, 돌아오는 반응은 대부분 좋지 않았다. 준호도 예외는 아니었다.

"같이 헌혈도 하고 오는 길에 국밥도 한 그릇 하자."

"그렇게 좋으면 혼자 하지 왜 귀찮게 나까지 데리고 가려고 해, 아이씨."

준호가 하는 나쁜 말이 들렸지만, 애써 못 들은 척했다.

"샘이랑 이야기도 하고 뜻깊은 봉사도 하면 좋잖아. 같이 가자."

준호는 대부분의 선생님들로부터 불량학생으로 낙인찍혔고, 선도위원회가 한 번만 더 열리면 강제전학을 가야 할 상황이었다. 그의 심정을 이해하지 못하는 것은 아니었다. 담임으로서 학생을 전학 보내는 일은 피하고 싶었다. 물에 빠져 지푸라기라도 잡으려는 심정으로 준호를 다독이고 또 다독였다. 야간 자습을 빠질 수 있다는 말로 설득해가며, 마침내 함께 첫 사제동행 헌혈을 하게 되었다.

준호와 함께 헌혈한 추억을 남기고 싶어 헌혈 전후로 사진을 찍었다. 확실히 헌혈 후 준호의 얼굴 한층 더 밝아진 것 같았다.

"야, 너 주사바늘이 아프지 않았니?"

"전 괜찮아요. 건강하잖아요. 선생님은요? 선생님은 자주해서 안 아프시죠?"

전혀 관심이 없을 것 같았던 준호의 작은 인정에 괜히 기분 좋았다. 그렇게 약간의 어색함과 함께, 그리고 묘한 만족감 속에서 준호와의 첫 헌혈을 마쳤다.

헌혈을 하며 나란히 앉아 이야기를 나누는 동안, 그의 집안에 경제적인 어려움이 있다는 것과 부모님이 이혼 위기에 처해 있다는 것도 알게 되었다. 헌혈을 마치고 함께 순대국밥을 먹으러 갔는데, 그 자리에서 준호가 눈물을 흘렸다. 곰처럼 덩치가 큰 아이가 훌쩍이는 모습은 낯설었지만, 준호는 덩치만 클 뿐 아직 어린아이였다. 봉사활동을 통해 더 순수한 모습을 보여주는 것 같았다.

우리 사이 어색함이 사라졌다. 함께 국밥 먹는 장면을 찍어도 준호는 전혀 어색해하지 않았다.

"선생님은 국밥 먹는 사진 모으는 게 취미야."

두 달쯤 지났을까. 복도를 지나가는데 준호가 한 번 더 헌혈의 집에 가자고 이야기했다. 물론 헌혈을 가면 방과후 학교도 빠지고 야간 자율학습도 빠질 수 있어서, 가려고 할 수도 있다. 하지만 당시 준호는 공부에 대한 의욕이 없고, 친구들과의 작은 다툼만 있어도 자신만 벌을 받는다고 부정적으로 생각하는 학생이었다. 그런 준호가 처음으로 보람을 느끼고 한 번 더 헌혈을 하고 싶다고 말하는 것이 대견했다.

그 이후로 학교에서 준호의 태도가 눈에 띄게 변하기 시작했다. 쉬는 시간에는 운동도 하고, 수업 시간에 졸긴 해도 대놓고 엎드려 자는 일은 없어졌다.

"선생님, 헌혈의 집 또 언제 가세요? 저도 데리고 가주세요."라고 묻기도 했다.

그렇게 두 번, 세 번 함께 시간을 보내면서 준호는 하고 싶은 목표를 찾게 되었다. 전문대 신재생에너지 학과에 진학했다. 2년간 열심히 배워서 취직하고 싶다고도 했다. 취직 후에도 헌혈을 꾸준히 하고 불우이웃 돕기 성금도 내고 싶다고 이야기하는데 대견하고 자랑스러웠다. 그리고 힘든 중에 잘 살아주고 있다는 사실이 고마웠다.

6년이 지난 지금도 가끔 연락을 주고받으며 지난 이야기를 나누곤 한다. 지금은 군대를 다녀와 남은 학기를 열심히 다니고 있으며, 머지않아 대구의 중견기업에 취직도 하게 될 것이라는 소식도 전했다.

"앞으로도 계속 건강하고 씩씩하게 잘 살아가길…."

상모의혈단

학생들을 한두 명씩 데리고 다니며 헌혈하던 것에서 본격적으로 헌혈

동아리를 맡아 사제동행 활동을 지도하게 되었다. 동아리 이름은 학교 이름을 따와 '상모 의혈단'으로 정했다.

"얘들아, 우리도 명품 동아리를 한번 만들어보자. 그러려면 시간이 필요하고, 너희의 꾸준하고 적극적인 참여가 필수야."

2016년, 내가 고3 담임을 맡고 있을 때였다. 간호학과에 지원하려던 한 학생이 내게 물었다. "선생님, 의혈단 동아리가 역사 탐구 동아리인가요?" 한국사 시간에 배운 의열단을 떠올렸나보다. "'상모 의혈단은 의롭게 자신의 피를 바치는 단체'를 의미해. 의열단처럼 나라를 위해 일한다는 점에서는 비슷하지만, 우리는 헌혈을 중심으로 다양한 활동을 진행할 예정이야."

의혈단은 단순히 헌혈만 하는 것이 아니었다. 더 건강한 헌혈을 위해서 생활 습관 개선까지 했다. "건강해져야겠어요!" 학생들의 이야기를 듣고 건강한 몸을 만들기 위해 방과 후에 체력 단련반을 운영했다. "건강한 소에서 건강한 우유가 나오듯, 건강한 사람만이 건강한 헌혈을 할 수 있다."라는 생각으로 아이들과 열심히 운동했다. "학생들의 학교생활이 정말 변했어요." 의혈단 학생들 중 대부분은 학교에서 잘했다는 칭찬을 처음 받아봤다고 했다. 집에서도 제대로 칭찬을 받아본 적이 없다는 학생들이 많았다.

"선생님, 제가 학교에서 '잘했다', '수고했다'는 말을 들어본 적이 없었는데, 헌혈하고 나니 선생님도 그렇고 헌혈의 집 간호사님도 저보고 멋지다고 칭찬해주셨어요. 저는 헌혈한 것뿐인데요."

"당연하지. 헌혈은 정말 값진 일이야. 모든 사람이 다 헌혈할 수 있는 건강을 가진 것도 아니고, 건강하다고 해서 모두가 헌혈을 하는 것도 아니거든. 선생님은 네가 건강한 생활을 유지하며 이렇게 좋은 봉사활동을 평생 이어가길 바란다. 그런데 건강하려면 담배는 끊는 게 좋지 않을까?"

내 말을 들은 태훈이가 "선생님은 정말 기승전 생활지도네요."라며 웃으며 지나갔다. 아이들의 마음이 열리는 그 순간, 그 틈에 들어가는 생활지도의 효과를 잘 알고 있기에, 놓칠 수 없었다.

처음부터 거창한 계획을 가지고 시작한 것은 아니었다. 학교로 방문한 헌혈차에서 함께 헌혈한 학생의 꿈이 간호사라고 했다. 간호사가 되어 도움을 많이 주고 싶다는 이 학생에게 도움을 주고 싶어서 자율동아리 성격을 의료, 생명 분야 진학에도 도움이 될 수 있도록 확장시켰다. 처음에는 의로운 일을 해보고자 하는 인성교육이 필요한 학생들이 모였고, 이후에는 간호사를 꿈꾸며 자율 동아리를 찾는 학생들도 참여했다. 이유가 무엇이든 모두 환영이었다.

간호사를 희망하는 학생들, 생명과학이나 생명공학 분야로 진로를 설정한 학생들은 동아리 내에서 멘토 역할도 맡았다. 헌혈을 준비하며 운동하고 식단을 조절하는 과정에서 헌혈이 건강에 미치는 이점을 생물 교과 개념으로 설명하며, 동아리 친구들에게 가르쳐줬다. 이렇게 학생들은 자신들의 활동에 대한 이론적 설명까지 듣게 되었다. 의혈단의 다양한 활동들은 학생부종합전형의 비교과 활동에서도 좋은 평가를 받았다.

코로나19 유행으로 헌혈을 자주 할 수 없는 시기에는 '혈액'을 키워드로 한 탐구 활동을 진행하기도 했다. 혈액의 pH 조절 메커니즘, 인류 역사에서 혈액의 의미와 상징, 겸상적혈구빈혈증 등 다양한 주제로 팀을 나눠 탐구 활동을 진행했다. 각 팀은 헌혈에 정기적으로 참여하는 학생들과 이를 지원하는 멘토 학생들로 구성되었으며, 학생들은 자신들의 역할에 맞춰 탐구 활동에 기여했다. 헌혈 경험이 있는 학생들은 개인의 경험을 바탕으로, 이론에 강한 멘토 학생들은 교과서와 논문에서 얻은 지식을 활용해 탐구 활동을 심화시켰다. 특히, 간호학과, 생명과학, 생명공학 분야로 진학을 희망하는 학생들에게 이 활동은 학생부종합전형에서 좋은 평가를 받을수 있는 기회가 됐다. 실제로 이화여대, 아주대, 경북대 간호학과에 합격하는 등 입시 성과도 좋았다. 성적이 비교적 낮은 학생들은 친구에게 배우면서 생명과학 성적이 오르기도 했다. 생활지도와 인성지도를 목표로 시작했지만, 학생들의 진학이라는 결과로도 이어진 것이다. 헌혈 동아리와 헌혈 멘토-멘티 활동은 서로에게 긍정적인 영향을 주며, 이후 7년 동안 지속적으로 운영되었다. 그 과정에서 학생들은 한 단계 더 성장했다.

헌혈증 기부운동의 시작

"대부분의 사람들은 벽난로더러 '나한테 열기를 주면 장작을 던져주마.'라는 식의 사고방식을 가지고 있다네. 은행에 대고 '이자를 주면 계좌를 만들겠소.'라고 말하는 것과 똑같아. 물론 그런 식으로는 아무 것도 얻을 수 없어."

『The Go Giver』에서

우리는 나누면서 배운다. 계산 없이 베푸는 것은 배우는 과정이며, 그 안에서 우리는 성장한다.

2016년　학부모에게 67매 기부
2018년　대한적십자사 100매 기부
　　　　100명의 도전, 100매의 헌혈증 기부 시작(대한적십자사)
2019년　백혈병소아암 협회 100매 기부
2020년　백혈병소아암 협회 100매 기부
2021년　백혈병소아암 협회 100매 기부
2024년　백혈병소아암 협회 50매 기부

학생들과 정기적으로 헌혈 봉사를 다니는 것뿐 아니라, 촬영한 사진과 영상으로 홍보영상을 제작했다. 학생들은 영상을 다른 학생들과 공유하며 의미 있는 일에 동참하도록 권유했다.

2017년 8월, 동아리 활동이 한창 진행되고 있을 때, 학부모회에서 헌혈증이 급히 필요하다는 연락이 왔다. 가족 중에 백혈병 환자가 있어 헌혈증이 필요하다고 했다. 나는 그동안 모아둔 헌혈증과 동아리원, 자치회에서 기부한 헌혈증 67장을 전달했다. 이 일이 계기가 되어 입소문이 퍼지며 더 많은 이들이 헌혈에 참여하게 되었다. 한 학부모는 자녀가 헌혈 활동에 참여하는 모습을 보고 자신도 헌혈에 동참하셨다. 몇몇 학부모는 자녀와 함께 개별적으로 헌혈을 하고 헌혈증을 동아리로 보내오기도 했다. 부모님들은 헌혈을 통해 아들과 대화할 시간을 가지게 되었고, 이를 계기로 더 친해지게 되었다며 감사 인사를 전하기도 했다. 무엇보다 백혈병 치료도 잘 끝났다는 연락도 받았다. 감사한 일이다.

일련의 과정들이 지역신문 지면을 통해 보도 되었다. 자신들의 얼굴이 나온 모습을 보고 학생들이 상당히 뿌듯해했다. 한 학생은 태어나서 자신이 이렇게 멋있어 보인 적은 처음이라고 말했다. 그렇게 학생들과 헌혈 나눔, 헌혈 캠페인, 헌혈증 기부 활동을 계속 이어갔다.

동아리원 중 지민이는 가출 청소년이었다. 친구의 권유로 헌혈 활동에 참여하면서 자신의 삶을 되돌아보고 반성하게 되었고, 결국 집으로 돌아가기로 결심했다. 헌혈을 통해 삶의 의미를 되찾고 집으로 돌아갔다는 이야기를 들었을 때 가슴이 뭉클해졌다. 특히, 아버지가 말없이 지민이를 꼭 안아주었다는 말에 나도 모르게 눈물이 났다. 2주 후, 아버지와 지민이가 함께 헌혈을 하고 찍은 인증샷을 보내왔다. 지민이는 고등학교를 졸업한 후 철도 기관사가 되기 위해 열심히 공부하고 있다. 예전의 힘들었던 시기를 기억하며, 가끔 "함께 헌혈하고 먹은 국밥이 생각난다."는 문자도 보내오곤 한다. 명절 때는 아버지도 가끔 연락을 주신다. "선생님 덕분에 감사합니다. 언제 딸과 헌혈하실 계획이 있으시면 제게도 연락주세요." 누군가를 살리기 위한 헌혈을 하면서, 헌혈을 하는 우리가정이 살고 우리가 성장함을 느낄 수 있었다.

헌혈을 하면서 내 건강도 더 좋아졌다. 정기적으로 헌혈을 하면 혈압, 간 기능, 헤모글로빈 수치 등을 자동으로 점검할 수 있어 내 건강 상태를 확인할 수 있다. 또 헌혈을 하려면 건강을 관리해야 하므로, 규칙적인 운동과 건강한 식습관을 유지하게 된다. 헌혈 동아리 학생들과 등산, 배드민턴, 탁구 등을 함께하며 더욱 건강한 학교생활을 하고 있고, 헌혈을 통해 받은 영화 티켓을 모아 학생들과 함께 영화를 보며 스트레스도 풀고 있다. 헌혈을 위해 운동하고 헌혈로 보람도 느끼고 건강 체크도 하고 문화생활까지 하니 일석삼조다.

봉사 · 나눔 활동은 사람의 마음을 움직이고, 변화를 이끌어 내는 힘을 가지고 있다. 특히 헌혈 봉사는 건강을 지키며 남을 도울 수 있는 최고의 나눔이다. 앞으로도 나는 학생들과 함께 사제동행 헌혈봉사를 계속 이어 나갈 것이다. 헌혈을 통해 얻은 보람과 추억, 그리고 건강한 삶은 나와 학생들의 인생에 큰 힘이 될 것이다.

3.

자전거 라이딩으로 삶의 영역 넓히기

"똥개도 제 집에서는 대장이다."라는 말이 있다. 우리 아이들이 학교에서는 장난도 치고, 잘 놀고, 활기차게 지내지만, 고등학교를 벗어나거나 여러 학교가 모인 자리에서 무대에 올라야 할 때는 주춤하는 모습을 자주본다. 왜 그럴까? 스스로 위축되어 기가 죽기 때문이다. 비록 학력이 다소 뒤처진다고 해서 자신감마저 잃을 필요는 없다. 아이들의 기를 살리고, 그들의 지경을 넓혀주자.

"저희가 자전거 동아리를 만들고 싶은데, 선생님이 맡아 주실 수 있나요?"
"중학교 때부터 자전거를 탔어요. 학생부장 선생님께 갔더니 선생님이 자전거를 잘 안다고 해서 찾아왔습니다."
2016년 3월, 한 새내기 학생이 자전거 동아리를 만들고 싶다며 나를 찾아왔다. 이 학생은 소방공무원을 꿈꾸는 1학년 남학생이었고, 어릴 때부터 자전거를 좋아해 동아리를 통해 마음껏 자전거를 타고 싶다고 했다.
당시 3년 연속 3학년 담임을 맡아왔던 터라, 1, 2학년 학생들의 생활과 생각이 궁금했다. 또한, 1, 2학년 학생들에게 미리 전해주고 싶은 이야기들을 통해 이들이 어떻게 변화할지 지켜보고 싶은 마음도 있었다. 자전거 동아리를 통해 학생들의 진로 이야기를 듣고, 내가 알고 있는 한 좋은 조언을 해줄 수도 있겠다는 생각에 흔쾌히 동아리 지도를 맡았다.

첫 라이딩은 1학기 중간고사 후, 경상북도 상주시에 있는 낙단보로 떠났다. 구미에서 약 40km 떨어진 곳으로 왕복하면 80km의 거리였다. 참가한 6명의 학생들이 시원한 강바람을 맞으며 자전거 길을 달렸다. 행복해했다. 빡빡한 인문계 고등학교 생활 속에서 스트레스를 받았던 학생들이 그 스트레스를 날려버리는 모습이 보기 좋았다. 라이딩을 하며 진학에 대해 질문을 하는 학생도 있었고, 꿈이나 가정사 등 마음속 깊은 이야기를 털어놓는 학생도 있었다.

"선생님, 부모님이 소방공무원을 하라고 하셨는데, 사실 그게 제게 맞는 꿈인지 잘 모르겠어요."

"아직 1학년이니, 관심 있는 여러 진로에 대해 알아보는 시간을 가지는 것도 좋을 것 같구나. 같이 자전거 타면서 다양한 삶의 모습들을 보고 이야기하는 시간을 가져보면 어떨까?"

"네."

진로부장 선생님께서 동아리 활동의 취지를 이해하시고, 진로 연계 동아리로 방향을 잡을 것을 조언해주셨다. 또 세부 활동에 학교폭력 예방과 인성 교육 요소를 포함하면 좋겠다고 하셨다. 또한 동아리 활동에 활용할 수 있는 예산도 안내해주셨다. 이를 계기로 동아리 이름을 '진로 찾아 떠나는 라이딩'으로 바꾸고, 지역을 탐방하는 '내 고장 탐방 라이딩'과 나라 곳곳을 둘러보는 '대한민국 구석구석 라이딩'을 계획했다.

우리 마음속에는 저마다의 지도가 있다. 우리가 두 발로 다니며 보는 지역이 넓어질수록 우리의 세계관도 커지고, 그만큼 우리의 그릇도 커진다. 평소 무심코 지나치던 동네를 구석구석 돌아다니며 자신이 살고 있는 곳에 대해 더 자세히 알게 되었고, 그만큼 애정도 커졌다고 했다. 활동 중 안전사고에 대한 우려가 커지자, 동아리장인 진영이가 우리 지역의 자전거 안전지도를 만들어 보자고 제안했다. 친구들이 자주 다니는 길에 위험한 부분을 체크해 전체 학생들에게 알리자는 취지였다.

우리는 매달 2, 4주 차 금요일, 밥상머리교육으로 일찍 하교하는 날을 이용해 곳곳을 다니며 길을 확인했다. 반사거울이 필요한 곳은 주민센터에 민원을 넣었고, 대형차가 자주 다니는 구간이나 사각지대, 신호등이 미비한 횡단보도 등을 지도에 표시했다. 그렇게 약 6개월 동안 작업한 끝에 '자전거 안전 등하굣길 지도'를 완성했다. 동아리 학생들이 전문가처럼 자신의 등하교 시간에도 길을 유심히 살피며 주의 깊게 관찰했다.

영상 제작 경험이 있던 용훈이가 동아리도 자전거 안전수칙 홍보영상을 만들어보자고 제안했다. 마침 행정안전부에서 매년 자전거 안전 5대 수칙에 대한 영상 공모전을 개최하고 있었다. 다양한 활동으로 확장하면 생활기록부에 기재할 내용도 많아지기에 나 역시 반가운 일이었다. 영상을 찍는데 연기에 능한 승민이가 직접 술 취한 취객 역할을 맡아서 코믹한 영상을 찍었다. 자전거를 타면서 휴대폰을 보는 연기를 하다가 진짜 사고가 날 뻔하기도 했다. 영상제작도 제작이었지만 찍는 내내 우리가 즐거웠다. 2016년 첫 공모전에서는 수상하지 못했지만, 매년 꾸준히 영상을 제작하며 아이디어를 발전시킨 덕분에 2019년에는 행정안전부 장관상을 수상했다. 학생들은 시나리오 작성부터 촬영까지 직접 참여하며 자전거 안전에 대한 의식을 점차 높여갔다. 완성한 영상을 학교 복도 모니터에 상영하여 다른 학생들이 반복해서 볼 수 있게 하면서, 전교생의 안전의식까지 향상되었다.

3년간 동아리장을 맡았던 진영이는 결국 소방공무원이 아닌 정치외교 분야로 진로를 결정했다. 대구와 경북지역 여러 곳을 자전거로 돌아다니며 사람들의 삶을 가까이에서 보고, 더 나은 사회를 만드는 일에 관심 갖게 되었다고 했다. 정치외교학과에 진학하기 위해 열심히 공부한 진영이는 사회문화와 동아시아사 과목에서 1등급을 받을 정도로 좋은 성과를 거두었고, 자전거 활동을 통해 지역 발전 정책을 제안한 경험도 생활기록부에 기재되어 좋은 평가를 받을 수 있었다. 대학에서는 대학생 연합회를 이끌고, 정당인으로도 활동하며 자신의 길을 잘 닦아 나갔다. 성현이는 동아리 활동을 통해 컴퓨터 공학도의 꿈을 찾았고, 수도권 대학 컴퓨터공학과에 입학했다. 자전거를 타며 진로에 대해 진지하게 고민해본 학생들은 교과 공부와 독서, 봉사활동에도 열심히 노력하게 되었다. 자전거를 타면서 스트레스도 해소하고, 자신의 진로를 발견해 진학에도 성공하며 인성까지 성장했다는 학생들의 이야기에 힘입어 자전거 동아리를 8년째 운영하고 있다.

<미션 임파서블> 영산강 라이딩

학생들과 함께하는 4대강 자전거 길 종주의 시작은 영산강 자전거 길이었다. 경주지진으로 수능이 한 주 미뤄진 2017년 11월 말, 목포행 버스에 자전거를 실었다. 11월인데도 지리산 휴게소를 지날 때는 눈발이 심하게 날렸다. 목포 날씨는 더 심했다. 우박이 쏟아지다가 잠잠한가 싶더니 바람이 세차게 몰아쳤다. 목포의 늦가을 날씨가 변덕스럽다는 이야기를 들었지만, 그날은 정말 대단했다. "여기까지 왔는데 열심히 달려볼게요!" 같이 간 세명의 학생들의 목소리에 다행히 힘이 있었다. 나주시로 들어서자 드넓은 평야가 펼쳐졌다. 황금 자전거 길을 달리며 우리는 철새 사진을 찍고, 둑길에서는 몇 번이고 자전거에서 내려 기념사진을 찍었다. 아무리 새벽에 출발했어도 목포까지 이동시간이 많이 걸렸기에 광주에서 돌아오는 버스시간이 촉박하게 느껴졌다. 버스를 놓치면 안 되었다. 다음날에 출근도, 등교도 해야 했다. 95km 정도 달렸을까, 경준이 몸 상태가 좋지 않음을 알게 됐다. 광천터미널까지 약 9km를 가야 하는데 무리가 될 것 같아 자전거 픽업 트럭을 불렀다. 학생들과 매년 수차례 자전거 라이딩을 해왔지만 트럭을 부른

건 처음이었다. "애들아 95km를 달린 것도 대단한 거야." 버스 출반 시간까지 시간이 넉넉하지 않아 픽업트럭을 기다리며 근처 가게에서 저녁으로 컵라면을 먹었다. "태어나서 먹은 컵라면 중 오늘이 제일 맛있어요." 광천 터미널 부근에 도착했는데 마지막 대로가 교통체증으로 꽉 막혔다. 왕복 10차선의 도로가 약 2km 구간에 걸쳐 주차장을 방불케 하는 상태였다.

"기사님 여기서부터는 자전거로 이동해야할 것 같아요." 우리는 필사적으로 이 막힌 도로를 뚫고 터미널에 도착해 버스에 탔고, 그 과정이 마치 영화 〈미션 임파서블〉의 한 장면처럼 느껴졌다. 버스에 올라서 모두가 '파이팅'을 외칠 때, 나도, 학생들도 감정이 북받쳐 서로 부둥켜안았다.

"애들아 우리 정말 열심히 달렸고 그리고 버스도 기가 막힌 타이밍에 올라탔지? 앞으로 급한 일 있고, 막막한 일 있어도 절대 포기하지 않는 거다. 알겠지?" 이후에도 학생들은 자주 그날의 이야기를 했다. 아마 막막한 일이 있을 때 그때의 일을 생각하면 그래도 맘속의 평정을 찾을 수 있지 않을까 생각해본다.

학년 말 영산강 라이딩에서 찍은 멋진 사진들로 학년 교무실 복도 옆에 작은 사진전을 꾸몄다. 지리 선생님의 도움을 받아 각 지역의 지리적 특성을 소개하는 글도 덧붙였다. 힘든 여정도 지나고 나니 좋은 추억이 되었다. 그리고 기록은 좋은 학습 자료가 되었다. 수능 연기로 급작스러운 일정 변경이 있었음에도 참여하고, 포기하지 않고, 다치지 않고 무사히 라이딩을 마친 학생들이 대견했다. 한 학생이 소감문에서 만일 그날 라이딩을 하지 않았다면 아마 집에서 그냥 자고 있었을 텐데, 새벽부터 부지런히 움직여 의미 있는 시간을 보낸 것이 정말 좋았다고 이야기했다. 낯선 곳에서 느끼는 감정과 배움은 익숙한 곳만 다닐 때는 절대로 경험하기 힘든 것일 것이다. 이를 통해 아이들의 안전지대가 넓어지고 아이들의 시야가 넓어졌을 것이라 확신한다.

북한강 라이딩

'자전거를 타면서 학생들과 다양한 지역에 가본다면 더 많은 것을 볼 수 있지 않을까?' 학생들의 지경을 넓혀주자는 생각으로 국토연구 동아리를 운영하면서 4명의 학생들과 북한강으로 떠났다. 사실 북한강의 발원지는 금강산 부근이며 여기서 시작된 물줄기가 양평의 두물머리 부근에서 남한 강과 합쳐진다고 알려져 있는데 우리는 반대로 서울에서 춘천으로 가는 코스를 잡았다. 서울 근처의 관광지를 끼고 있다 보니 길 주변에 숙박시설, 식당이 즐비했다. 관광지를 굽이굽이 돌아 가평 자라섬 주변에 도착했는데… 이런… 경수의 자전거가 펑크가 났다. 주변에 연락처를 찾아 연락을 해봐도 이른 아침이라 연락이 닿지 않았다. 발만 동동 구르고 있을 때, 건너편 매운탕집 아저씨가 장비를 들고 와서 도와주셨다. 너무 감사해서 고마운 마음을 전하며 배도 출출해져 매운탕집으로 갔다. "학생들 데리고 멀리까지 오셔서 고생 많으신데, 매운탕은 제가 공짜로 드릴게요." 아저씨의 말에 "그럴 수 없습니다."라고 하며 거절하는 우리와 "그냥 드세요." 라고 하시는 아저씨 사이에서 옥신각신하다 결국 도움도 받고, 매운탕까지 얻어먹게 되었다. 그러면서 아저씨의 인생 이야기가 펼쳐졌다. 실향민의 자녀로 가평에서 성공한 요식업 대표가 되기까지 고생한 이야기가 말도 못했다. 자신들은 없이 자라고 아껴가면서 사업을 일군다고 여행도 제대로 못 가봤지만 자녀들은 많은 경험을 시켜주고 싶다는 이야기를 하셨다. 그 시절 부모님들이 다 그랬다. 고향을 떠나 정착한 땅에서 가정을 위해서, 또 나라를 위해서 열심히 살아오고 계신 실향민의 살아 있는 이야기에 가슴 한편이 먹먹해졌다. '얼마나 보고 싶을까, 얼마나 힘들었을까?' 감동적인 이야기를 듣고 또 응원도 받으며 우리도 다시 한 번 힘을 내기로 했다. 소양강 처녀 동상이 있는 춘천까지 열심히 달렸다. 동상 앞에 서니, 옛 노래가 흘러나오고 있었다. 예전 노래인데 어디서 들어봤는지 4명이서 합창을 했다. 자신감이 하늘을 찔렀다. 자연을 보고 자신감을 키우며, 실향민들의 아픔을 다시 한 번 생각하는 시간이 되었다.

'겪어보지 않은 사람이 그분들의 마음을 어찌 다 이해할 수 있겠는가? 다만 서로 더 이야기를 나누며 한 걸음 더 가까이 다가가, 그분들의 이야기를 듣는 수밖에…' 학생들 마음에도 깊은 여운을 남겼을 것이라 생각한다.

경북 동해안(울진-영덕구간)

딸아이가 울면서 "아빠, 저 유치원에 데려다주세요."라고 말하더니, 조금 전부터 계속 눈물을 흘리고 있었다. "엄마도 일하러 가고, 아빠도 일하러 가야 하니까 데리러 올 사람이 없어. 씩씩하게 잘 다녀오자?"라고 위로했지만, 아이는 여전히 마음을 놓지 못했다. "아빠 체육복 들었잖아. 아빠 운동할 시간 있으면 저 데리러 오실 수 있죠?"라며 계속 물었다. 하지만 학생들과의 라이딩이 예정되어 있어 마음이 복잡했다. "아니야, 학생들 데리고 가는 것도 학교의 일이야." 학교에서 수업할 때보다 이런 날이면 마음이 더 쓰인다. '내가 잘하고 있는 걸까?'라는 생각이 머릿속을 맴돌았다.

방학 중 다른 선생님들은 집에서 가족들을 돌보고 있을 텐데, 나는 그 대신 이 길에 서 있다. 하지만 학생들과 약속한 이상 이를 미루거나 취소하는 건 더더욱 어려운 일이었다.

　마음의 부담을 갖고 도착한 곳은 울진의 은어다리였다. 학교 지킴이 선생님께서 이번 라이딩에서 차량까지 운행하여 주셔서 더 편하게 갈 수 있었다. 해안가로 난 자전거 길은 마치 장대한 스케일의 영화 영상처럼 끝없이 펼쳐져 있었다. 길옆에 솟은 촛대 바위와 그 위에 난 소나무는 자연이 만들어 낸 예술작품 같았다. 차량이 많아 계속 서기는 어려웠지만, 중간중간 잠시 멈춰서 사진을 남겼다. 그중 하나는 지금 내 방에도 걸려 있다. 학생들과도 그 길을 따라 이야기를 나눌 수 있는 시간이 많았다.

　"선생님, 선생님 같은 분이 제 형이었으면 좋겠어요." 늘 활기차던 지훈이가 갑자기 그렇게 말하자 나도 잠시 멈칫했다. "어릴 때 엄마가 집을 나가신 이후로, 아빠랑 둘이 살았어요. 아빠가 술을 안 마신 날에는 저랑도 놀아주고 이야기도 나누셨는데, 술을 드시면 엄마 욕을 하시고, 저를 혼내셨어요. 엄마 닮았다고요." 그의 말에 어떤 위로도 조언도 쉽게 꺼낼 수 없었다. "아빠가 장기간 다른 지역으로 일을 나가셨을 때는 그마저도 볼 수 없었죠. 그래서 어릴 때 동네 친구와 친구 형이 함께 자전거를 타는 모습을 보면, 너무 부러웠어요." 학생이 말을 이어가며 나를 보았다. "선생님이 자전거를 타면서 좋은 이야기를 해주실 때마다, 선생님 같은 형이 있었으면 얼마나 좋을까 생각했어요. 나중에 제가 성인이 되어도 꼭 자전거 한번 같이 타주시면 좋겠어요." 지훈이의 이야기를 한참 듣는 동안, 그가 겪어온 외로움과 그리움이 얼마나 깊었을지, 그 말 속에 스며든 감정을 조심스레 되새겼다.

동해안의 아름다운 풍경을 빠져 따라가다 보니 어느덧 종점에 도착했다. 영덕 해맞이 공원에 다다랐을 때, 파도 소리와 함께 펼쳐진 해수욕장과 소나무 숲의 경관은 너무나도 아름다웠다. 지훈이의 표정도 많이 밝아졌다. 태극기를 휘날리며 국토사랑 구호를 씩씩하게 외치며 아름다운 동해안 풍광을 즐기며 시간가는 줄도 몰랐던 자전거 라이딩을 마무리했다. 코로나19 시기에는 학생들과 시원한 공기를 마시며 자유롭게 다녔던 그 시절이 너무 그리워, 사진을 보며 상상 속 여행을 떠나기도 했다.

"선생님 3년간 정말 감사했습니다.", "선생님 덕분에 고등학교 생활도 너무나 즐거웠고 지난 시간 하나하나가 다 소중했습니다." 동해안 라이딩을 끝으로 활동을 마무리했다. 졸업식 날 5명의 학생이 찾아와서 큰절을 했다. 절을 받는데 지난 여정이 생각나서 나 역시 눈물이 핑 돌았다. '이러다 울보 되는 거 아니야?' 학생들이 자신들의 삶을 되돌아보며 성장하는 모습을 보며 나 역시 더 많은 의지가 되는 교사가 되어야겠다고 한 번 더 다짐했다.

4.

산을 오르며 배우는 성장과 변화의 시간

나를 키우는 곳, 산

90년대 말 가정이 IMF로 경제적 어려움을 겪고 있을 때, 설상가상으로 아버지의 간 건강이 심하게 악화되어 장기간 입원과 수술을 하셔야 했다. 어려운 상황에서 '개천에서 용 난다'는 말처럼, 명문대에 진학해서 부모님을 돌봐드려야겠다고 결심하고 이후 모든 즐길 거리를 단절하고 공부에만 집중했다. 살이 계속 찌면서 건강이 악화되었고 고등학교 2학년 후반부에는 더는 기숙사 생활을 하며 공부할 수 없는 지경에 이르게 되었다. 결국 기숙사를 퇴사하고, 누구나 참여하는 야간자율학습도 포기해야 했다. 지역에서 명문 고등학교에 진학하여 우등생 소리를 들었던 내가, 정작 열심히 공부해야 할 시기에 집 주변을 배회하는 모습을 보며 부모님도 답답하셨을 텐데 내색은 하지 않으셨다. 일찍 하교하며 동네로 들어올 때 주변 시선을 피하고 싶어 찾은 곳이 마을 뒷산이었다. 마을 어귀에서 큰길로 들어서지 않고, 산길로 약 30분을 걸어 집 뒤 산길로 몰래 돌아오곤 했다.

산속 숲길을 걸을 때면 어린 시절 동무들과 함께 시골 여기저기를 돌아

다니며 가재를 잡고 사슴벌레를 잡던 추억이 떠올라 마음이 편안해졌다. 마음을 비우고 매일 같이 산을 오르내리다 보니 점차 체중도 줄고, 혈당과 혈압도 정상 수치로 돌아왔다.

산행을 통해 외로움 속에서 나를 돌아보는 시간을 가질 수 있었다. 산의 긍정 에너지 덕분에 나의 모든 면을 거짓 없이 마주할 용기를 얻었고, 홀로 있는 시간이 편해지니 평정심이 찾아왔다. 그렇게 성장하며 나와 타인을 더 너그럽게 바라볼 수 있게 되자 다른 모든 생활이 편안해졌다.

대학생 시절 '고향에 가기는 멀고, 기숙사에만 있기는 답답한데 뭘 할 수 있을까?' 고민하다가 문득 지리산이 떠올랐다. 교과서에서만 보던 지리산을 직접 보고 싶다는 생각에 즉흥적으로 지리산으로 향했다. 처음 본 지리산은 웅장했다. 화엄사에서 노고단으로 가는 길은 예상보다 훨씬 가팔랐다. 등산화도 없이 운동화를 신고 5월의 따스한 햇볕 아래 산을 오르기 시작했는데, 만만치 않았다. 끝없이 이어질 것만 같은 길을 참고 능선에 오르니 그 위의 세상은 전혀 다른 모습이었다. 파란 하늘과 어우러진 숲, 그리고 그곳에서 바라본 경치는 산행의 힘듦을 잊게 했다. 노고단 정상에 오르니, 산을 오르며 힘들었던 기억들이 모두 좋은 추억으로 변했다. 성취감은 이루 말할 수 없었다.

고등학생 때 시작하여 대학생 때 본격적으로 즐기기 시작한 산행이 벌써 20년도 넘어간다. 설악산, 지리산, 한라산 등 전국의 100대 명산, 그리고 백두대간에 있는 많은 산을 올랐다. 산을 오르며 해결해야 할 문제들을 떠올리고, 지나온 세월을 되짚어 보았다. 잘했던 일들은 스스로 칭찬하고,

실패했던 일들에서는 배울 점들을 찾았다. 그렇게 지난 시간들을 모두 의미 있게 바꿀 수 있는 소중한 시간이 되었다.

훈련으로 바쁜 군 생활 중에도 설악산, 치악산, 오대산, 태백산 등 강원도의 명산을 찾았다. 특히 휴가 때에는 설악산에서 심신을 재충전하곤 했다. 부대 근처 지평역에서 자정쯤 기차를 타고 강릉에 새벽 4시경 도착하면 초당순두부 한 그릇으로 속을 채운 뒤, 신흥사 근처로 향하는 버스를 타고 이동해 산행을 시작했다. 정상인 대청봉까지 부지런히 올라보고, 시간이 부족하면 오색으로 내려와 온천욕을 했다. 산에서 소대 정신교육 자료를 구상하고, 교관 수업 발표 준비도 했다. 전역 후 교사가 되어 중학교에 발령받았을 때, 학생들과 함께하는 산행을 시작했다. 학교에서 문제를 일으킨 학생들과 아침마다 읍내의 산을 오르며, 때로는 혼을 내고, 때로는 마음을 다독여 주었다. 학교 숙직실에 거주했기에 산을 오르고 나면 아침에 만둣국이라도 한 그릇 끓여 먹이고 학교에 보냈다. 교사가 되어보니 아침을 거르고 등교하는 학생들이 상당히 많았다. 처음에는 귀찮아하던 학생들도 산을 오르며 점차 마음을 열었고, 아침을 나누며 진로와 인생에 대한 고민을 나누기도 했다. 산 정상에서 해맑은 미소를 보이는 학생들의 모습을 보며 나 역시 보람을 느꼈다.

도간 전보로 근무지를 경상북도 구미로 옮기면서, 산행의 주 무대는 금오산이 되었다. 금오산은 구미 시내와 아주 가까우면서도 해발 천 미터에 육박하고 볼거리도 많고 등산로도 잘 정비되어 있는, 마치 '사기 캐릭터' 같은 산이었다.

산은 그저 힘들게 오르는 곳이 아니라, 인생을 배우는 교육장이었다. 숲속의 긍정적인 에너지가 학생들을 변화시켰다. 나 역시 산행을 통해 다양한 인생들을 배웠고, 교육을 배웠으며 무엇보다 나 자신에 대해서 더 많은 것을 알게 되었다.

생활지도 등산의 시작

2014년 비평준화 인문계고 중에서 입학성적이 낮고 생활지도가 힘든 학교로 전입하여 선생님들 사이에서 악명 높은 학생들의 담임을 맡았다. 수업하려고 온 할머니뻘 되는 선생님께 자고 있는데 깨운다고 짜증을 내고, 책상을 박차고 나가는가 하면 길을 가다 행인들과 시비가 붙어 싸우기도 했다. 교권침해, 학교폭력으로 수차례 징계를 받은 전력이 있어 학교생활 자체에 미련이 없는 학생들도 있었다. 퇴학만은 막자는 생각으로 몇 번이나 어르고 달래고 했지만 쉽지는 않았다. 때마침 동료 선생님들과 점심식사 후 걷던 산책로가 생각이 났다. 학생들과 이곳을 지나 학교 뒷산인 효자봉 자락을 꾸준히 걸으면 학생들의 마음도 안정이 되고 좋지 않을까 하는 생각이 들었다. 뭐든 쉽게 손가락 하나로도 다 할 수 있는 시대를 살고 있는 요즘 애들이 산에 가겠느냐고 그냥 학생부에 넘겨버리라고 훈수를 주시는 선생님도 계셨다. 그래도 나의 경험을 비춰보면 나무가 빼곡한 산을 오르며 맑은 공기 마시며 이야기 나누다 보면 답이 나올 것이라는 확신이 있었다.

민호를 어렵게 설득해서 숲길로 데려오긴 했지만, 막상 무엇을 해야 할지, 무슨 이야기부터 꺼내야 할지 막막했다. 그러나 6월의 푸르른 나무에서 들려오는 매미 소리, 이름을 다 말하기 어려울 만큼 다양한 풀벌레 소리와 새들의 노랫소리가 별다른 말없이 산길을 걷는 우리 두 경상도 남자들을 어색하지 않게 해주었다. 폭포와 할딱고개를 지나 산성터로 가는 길의 빼곡한 나무들은 우리의 이야기를 조용히 들어주며, 적당한 소음을 만들어 다른 이들이 들을 수 없게 해주었다.

산에 오르자, 한때 문제를 일으켰던 민호가 왜 그리 많은 말썽을 피웠는지 궁금해졌다. 그런 내 생각을 읽었는지, 한동안 내 이야기를 조용히 듣던 아이가 서서히 말문을 열었다. 민호는 초등학생 시절 엄마에게 버림받고, 현재는 아빠와 단둘이 살고 있다는 사실도 그때 처음 알게 되었다. 엄마에 대한 이미지가 제대로 정립되지 않아, 민호는 특히 여자 선생님에게 거칠게 대하며 폭력적인 성향이 자신도 두렵게 느껴진다고 털어놓았다.

밤꽃나무 향이 가득한 산속에서 땀을 뻘뻘 흘리며 오르다 보니, 그 땀을 다 식혀줄 듯한 시원한 바람이 불어왔다. 그 순간, 어릴 적 고향 여기저기를 누비며 마음껏 뛰어놀던 기억이 떠올랐다. 아이의 이야기를 들어주러 왔는데, 오히려 내가 힐링이 되고 있었다. 산성으로 이어지는 능선의 마지막 오르막길에선 둘이 헐떡이며 서로 힘내자고 격려했다. 큼직한 참나무들이 빽빽이 들어서 있어 오뉴월의 강한 햇살도 눈부시지 않았고, 눈도 덜 피로했다. 이런저런 이야기를 나누던 중, 덩치가 황소만 한 아이가 갑자기 눈물을 보였다.

"아버지는 늘 바쁘셔서 같이 여행을 가거나 운동한 기억이 거의 없는데 선생님이 이렇게 산에 데려와 주셔서 감사드려요." 아이의 눈물에 그동안 아이에게 있었던 서운함도, 아이가 내게 가졌던 경계심도 모두 녹아내렸다. 마음이 열리니 그 뒤로는 더 편안하게 다가갈 수 있었다. 구미시와 김천시 일대가 보이는 현월봉 정상에서 아이는 다시는 사고를 치지 않겠다는 다짐을 영상으로 남겼고, 나 역시 아이가 어색하지 않게 내 가족을 위한 메시지를 영상으로 남겼다.

그날 이후 아이들과 산을 오르는 날이 많아졌다. 학생들 세계에서 영향력이 큰 민호가 내 편에 서자 여러 학생들이 같이 가고 싶다고 줄을 섰다. 대부분은 공부보다는 다른 학교생활에 더 관심이 많은, 에너지가 넘쳐 때론 사고도 쳐본 학생들이었다. 하지만 내 눈에는 하나같이 다 예쁘고 귀하게 보였다.

민호는 그 이후 6년 정도 소식이 뜸했다.
"선생님 안녕하세요. 저 민호입니다."
민호의 모습은 예전 그대로였는데 옆에 애를 하나 데리고 있었다. 우리 집 큰애가 당시 6살이었는데 민호의 자녀도 별 차이 안 나 보였다. "저 고등학교 졸업하고 2년 뒤 전문대 졸업하면서 바로 취직했어요. 그때 결혼도 했습니다. 아이는 결혼 전에 생겼고요. 미국에서 결혼하게 되어 연락을 못 드렸어요. 한국 와서 선생님께 제일 먼저 연락드리려고 했습니다." 둘째 아이와 제자의 아이가 같은 나이였다. 제자와 같이 학부모가 된다니 당황스럽기도 했다. 고3 때 민호가 한문선생님께 대들어 선도위원회에 불려 왔는데, 선생님들 앞에서 되레 성질을 부린 기억도 났다. 학생 때의 거친 모습은 전혀 찾아 볼 수 없었다. 어려운 시기를 잘 극복하면 학생들은 언제 그랬냐는 듯 다시 잘 성장하게 된다. 힘든 시기, 바로 그 골든타임만 잘 이겨낼 수 있도록 함께해주면 되는 이유이다.

위탁교육 학생들과의 동행

2017년, 3학년 담임으로 위탁교육과 생활지도 업무를 맡게 되었다. 위탁교육생들은 가정 형편이나 학교생활 부적응 등 여러 가지 이유로 학교를 떠나게 되었는데, 300명 중 37명이니 한 반이 넘는 규모였다. 위탁교육생 관리지침에 따라 정기적으로 학교에 와야 했지만, 그들이 학교에 오면 천덕꾸러기 신세가 된다. 노랗고 빨갛게 머리를 물들인 이들을 곱지 않게 바라보는 선생님들이 많았다. 복장도 지나칠 정도로 자유로웠고 교실에는 아이들이 앉을 여유분의 의자와 책상도 없었다. 오히려 기가 센 위탁학생들이 먼저 교실 자리를 차지해서 공부해야 하는 학생들이 못 앉는 경우도 있었다.

'애들도 우리 학생인데?' 천덕꾸러기로 남겨둘 수 없었다. 고민 끝에 위탁학생들과 함께할 수 있는 금오산 등산 현장체험학습을 계획했다. 처음에는 반대가 거셌다. '와서 적당히 시간이나 때우고 가려 했는데 등산이라니…' 교육과정상 필요와 소중한 추억이 될 수 있다는 이유로 한 명씩 설득하여 33명 모두 참여했다. 투덜거리던 학생들이 막상 산에 오니 아이들

표정이 밝았다. 푸른 신록과 50분 거리의 대혜폭포가 피로를 시원하게 날려주었다. 할딱고개에서 바라보는 드넓은 구미 평야의 모습은 마음을 넓게 만들었다. 여기서부터는 정상까지 갈 팀과 내려갈 팀을 나눠서 움직였다.

"선생님, 물 가져오셨어요? 이것 드세요." 사회생활을 일찍 경험한 덕분인지, 물을 챙겨줄 줄도 알았다. 같이 땀을 흘리고 정상에서 함성도 지르면서 서로 좀 친해졌다.

"선생님, 저 위탁 안 가고 학교에 있고 싶어요.", "저도요. 아저씨들 사이에서 너무 힘들어요. 말도 거칠게 하시고요."

위탁기관에서의 생활이 결코 쉽지 않은 듯했다. 한 학생은 처음에는 학교 밖에서 누리는 자유가 달콤했지만 지금은 무섭게 느껴지기도 한다고 했다.

민성이는 인천 폴리텍대학에서 위탁교육을 받고 있었다. 민성이가 학교에 오면 다른 선생님들이 3학년 교무실로 전화를 했다. "선생님, 위탁생이 학교에 왔는데 머리가 노란 것도 아니고 빨간 것도 아니고 뭐라고 해야 할지 모르겠네요. 지도 좀 부탁드립니다. 입은 옷도 그렇고, 다른 애들 보기도 민망스러워서요." 민성이는 청바지에 구멍이 나 속옷까지 보일 정도였다. 껌을 소리 내어 씹는데 수업에 방해될 정도라고 하셨다. 위탁학생들은 본교 방문 시 본교의 도장을 찍어야 위탁기관에서 출석으로 인정받을 수 있었다. 출석 기준을 충족하지 못하면 지원금이 끊기고 해당 과목이 과락 처리 될 수 있다. 그래서 특히 출결에는 신경을 썼다. 민성이와 학교 근처 효자봉을 오르기로 했다. 내 도장을 받으려면 어쩔 수 없이 같이 가야 했다. 산을 오르는 동안 민성이는 계속 구시렁거리며 불평을 늘어놓았지만, 나는 일부러 시간을 조금 더 주며 기다렸다. 그러다 한참을 오르더니 민성이가 갑자기 담배를 꺼내 드는 것이었다. "야 민성아, 산에서 그거 불붙이면 벌점 정도가 아니야. 과태료로 수십 만 원 나온다." 수십 만 원이란 말에 민성이도 정신을 조금 차린 듯했다. 헉헉거리며 산을 오르던 민성이의 손도 잡아주고 간식도 챙겨줬다. 농담도 하고 내가 자라온 이야기도 하니 조금 가까워졌다고 느꼈는지 그제야 속마음을 털어놓는다. 이혼한 어머니가 부천으로 이사 가면서 가장 가까운 위탁기관을 찾다 보니 인천까지 가게 되었다. 그러나 막상 인천에서의 생활은 더 힘들었다. 친구들에게 따돌림을 당했고, 배우는 내용도 어렵다 보니 마음도 힘들었다고 했다. 심지어 자퇴까지 고려하고 있었다고 했다. 그런데 산을 같이 오르면서 산을 오르는 것도 쉽지 않았단다. 중턱까지 오르니 '산도 오르는데 내가 못할 게 뭐가 있겠나.' 하는 생각이 절로 들었다고 말했다.

"민성아 맞아, 산 올랐던 것처럼 열심히 살면 뭐라도 될 거야. 네가 잘되어야지 엄마도 찾고 부모님 호강도 시켜드리지."

내려올 때는 복잡한 생각들이 정리되었는지 자신의 다짐들을 쏟아낸다. "힘들고 외로울 때는 러닝도 하고 등산도 하면서 꼭 이겨낼 게요."

"선생님, 산에서 미선이에게 들었어요. 어떻게 말씀드려야 할지 모르겠는데… 미선이가 낙태를 했던 것 같아요.", "우선 부장 선생님과 상의한 후 교감 선생님께 보고드립시다."

우려하던 일이 터졌다. 위탁학생들은 위탁기관에서 수업을 듣고 기숙사

나 근처 생활관에서 생활하는데, 기숙사는 통금시간이 있어 상대적으로 관리가 수월한 반면, 생활관은 더 자유로웠다. 대구에 있던 미선이는 투룸 형태의 생활관에 있었다. 게다가 학교와 마찬가지로 위탁교육기관에서도 이성 교제를 완전히 막거나 감독하기가 어려웠다. 우선 학생이 보건 선생님과 Wee클래스 선생님과 상담을 받을 수 있도록 조치했다. 그러나 근본적인 대처가 필요했다. 그 주말, 나는 대구에 있는 위탁기관을 정식 방문하여 학생들의 생활관을 확인했다. 위탁기관 수업 이후의 시간에 대한 생활지도를 어떻게 할지, 야간 출입을 제한하는 방법 등을 고민했다. 보건 선생님은 위탁학생들 대상으로 두 차례 성교육을 해주셨고, 다행히 이후에는 여학생들의 임신 사례를 예방할 수 있었다.

'조금만 더 빨리 만났더라면?', '내가 더 일찍 관심 갖고 신경을 썼더라면?' 자책하고 있을 때 눈에 들어온 한 문구가 있다.

"To err is human, to forgive, divine.
실수하는 것은 인간적이지만, 용서하는 것은 신성하다."

- Alexander Pope

지나간 일로 너무 나를 힘들게 하지 말고, 앞으로 내가 할 수 있는 일을 잘하자.

위탁생과 함께하는 산행 프로그램을 진행한 후, 학생들과 학부모들 사이에 등산 활동에 대한 좋은 소문이 돌았다. 보름쯤 지나 학부모위원 중한 분이 학부모도 함께하면 좋겠다고 이야기했다. 스승의 날 기념 사제-학부모 동행 등산 활동을 계획했다. 40여 명의 학생과 학부모가 참여해 금오산 폭포까지 오르며 대화의 시간을 가졌다. 후기를 받아보니 학교나 집에서는 나누기 어려운 이야기들을 할 수 있어서 좋았다고 했다. 사실 교육의 주체들이 함께 대화하면 이루지 못할 것이 없다. 학생과 학부모 간 대화가 어려운 경우에도 선생님이 조금만 도와주면 일이 순조롭게 풀렸다. 교사와 학생 사이에 벽이 있을 때, 가정에서 부모님이 선생님에 대해 긍정적으로 이야기해 주기만 해도 학생의 태도가 달라질 수 있다. 금오산의 빼곡한 숲길을 걸으며 몸과 마음, 관계가 회복되었고, 그 덕분인지 학생들은 학폭이나 선도위원회 문제없이 건강하게 졸업할 수 있었다.

우리도 대학 갈 수 있다, 가야 한다 가야산

"장애물을 만났다고 꼭 멈춰야 하는 것은 아니다.
벽에 부딪힌다면 돌아서서 포기하지 말라.
어떻게 벽에 오를지, 벽을 뚫고 나갈 수 있을지,
또는 돌아갈 방법은 없는지 생각하라."

– 마이클 조던

기초학력 부진 학생들과 함께 가야산 백운동 탐방지원센터에서 출발해 서성재, 칠불봉을 거쳐 상왕봉을 왕복하는 8.2km 구간을 걷는다. 이 산행 프로그램은 기초학력 부진 학생들의 자신감을 높이고, 버티는 힘을 길러주기 위해 2020년부터 매년 이어오고 있는 활동이다.

학교에서는 매년 기초학력 부진 학생들을 위한 대책을 세우며 수업을 통해 이들의 기초학력을 끌어올리려 노력하지만, 문제는 학생들이 수업에 잘 참여하려 하지 않는다는 점이다. 사실 학교에서 제공하는 수업을 꾸준히 듣고 따라오기만 한다면, 기초학력 문제는 자연스레 해결될 수 있을 것 같았다. 정서적 문제가 있는지 확인하기 위해 위클래스에서 상담을 진행해도 대부분의 학생들이 지능적으로나 정서적으로 큰 장애가 있지는 않다. 예외적으로 특정 학생들이 정서장애 진단을 받기도 하지만, 그런 경우는 기초학력 부진 학생 지도 계획에서 별도로 다룬다.

설문조사와 인터뷰를 통해 파악한 바에 따르면, 기초학력 부진 학생들의 가장 큰 문제는 버티는 힘이 부족하다는 것이다. 휴대폰 없이는 단 몇 분도 보내기 어려워한다.

'등산을 하면서 버티는 힘을 길러주자.'

처음 산으로 데리고 나왔을 때, 학생들이 온갖 짜증을 부렸다. 산에서는 휴대폰 신호가 잘 잡히지 않아 쉴 때도 휴대폰을 보기가 어려웠고, 한 학생은 "휴대폰도 안 터지고 너무 답답해서 미칠 지경이에요."라며 불평하기도 했다.

열 명의 학생들을 3명, 3명, 4명으로 나눠 나와 함께 온 수학, 국어 선생님이 각각 멘토로 붙었다. 하산할 때와 점심시간에는 멘토만 로테이션을 하여 국어, 영어, 수학 선생님이 모두 돌아가며 학생들과 대화할 수 있도록 했다. 물론 짧은 시간 동안 깊은 이야기를 나누기는 어려웠지만, 어떻게 공부하는지, 어떤 부분이 어려운지, 어떤 점이 제일 답답한지 정도는 들을 수 있었다. 무엇보다 중요한 것은 학생들과 조금 더 가까워져서, 아니 억지로라도 친해져서 이후 진행되는 기초학력 부진 학생 수업에 꼭 빠지지 않고 참여해 주기를 바라는 마음이었다.

서성재까지는 아침에 먹은 김밥과 과일주스의 힘으로 올랐다. 이후에는 라면을 준비해 갔는데, 혹시 양이 부족하지는 않을까 걱정도 되었다. 라면은 가볍게 여러 개 챙길 수 있었지만, 끓일 물은 그러지 못했기 때문이다. 칠불봉 근처로 오를 때는 힘들어하는 학생들이 많았다. 민수는 고소공포증이 있어 계단을 네 발로 기어오르고 있었다. "조금만 참아보자, 샘이 뒤에서 받쳐줄게." 마침내 칠불봉에 도착하는 순간, 민수의 입에서 "저 고소공포증 이겨냈어요! 와!"라는 말이 터져 나왔다.

이번 산행의 목적은 기초학력 부진 학생들에게 자신감을 심어주는 것이었지만, 고소공포증까지 극복해 내다니, 이번 산행은 목표를 초과 달성한 셈이다.

"우리도 대학 갈 수 있다. 가야 한다! 가야산 파이팅!" 정상에서 학생들과 함께 힘차게 구호를 외쳤다. 물론 대학이 목표는 아니지만, 이들도 마음만 먹으면 더 잘할 수 있다는 것을 알려주고 싶었다.

"저 돼지국밥에 공깃밥 추가해도 되나요?" 상왕봉까지 왕복 8.2km를 걸어온 학생들, 충분히 그럴 자격이 있었다. 편리함에 익숙해진 아이들에게 불편함은 피해야 할 대상이었다. 그러나 산에서는 불편함을 피하는 것이 불가능했다. 새벽같이 일어나 학교로 모여야 했고, 땀이 비 오듯 흘러도 씻을 수 없는 채로 계속 걸어야만 했다. 입맛에 맞지 않더라도 수분을 섭취하기 위해 오이도 먹고 당근도 먹어야 했다. 어쩌면 이 단순한 불편함을 견디는 훈련이 학생들에게는 가장 큰 도전이었을 것이다.

요즘 학생들 사이에서 '존버'라는 말이 자주 사용된다. "그래, 버티면 돼. 수업, 힘들어도 들어보자." 아이들에게 말했다. "요즘 같은 시대에 공부를 못해도 살아갈 수 있어. 하지만 기본만이라도 공부해두면 훨씬 잘 살아가는 데 도움이 될 거야." 조금만 더 열심히 하면 극복할 수 있는 수준이라 생각했다. 첫 산행을 함께했던 10명의 학생 모두가 이후 실시된 평가에서 기준을 넘었다. 아이들은 원래 할 수 있었고, 결국 자신들이 해낸 결과였다.

사실 입시 위주로 학생들을 지도하다 보면 필요한 것, 효율적인 것에만 집중하게 된다. 제한된 시간 속에서 결과를 내야 하니 어쩔 수 없다고 생각할 때도 있지만, 때로는 불필요해 보이는 일이 더 필요한 순간도 있다. 산행을 통해 학생들에 대해서도, 내가 가르치는 교육에 대해서도 깊이 생각해보는 시간을 가졌다. 2020년 첫 산행 이후로도 꾸준히 기초학력 부진 학생들과 함께 산을 오르고 있다. 모토는 같지만 매번 학생들이 달라져서 새롭다. 기초학력 부진을 이겨낸 이 학생들이 앞으로 어떤 변화를 이뤄낼지 기대가 된다.

숲길 가꾸기 프로젝트로 함께 만드는 변화

학교 주변 가꾸기의 시작

영진이는 어릴 때부터 간 건강이 좋지 않았다. 태어날 당시의 환경이 문제였던 것 같다. 학교를 빠지는 일이 잦았고, 어머니는 막내아들이 건강히 학교를 졸업하는 것이 유일한 바람이라고 했다. 고등학교에서 영진이와 진로 상담을 하던 중, 산림조경에 관심이 있다는 것을 알게 되었다. 학생부종합전형을 준비해 온 그에게 맞는 활동으로 학교 주변 가꾸기 프로젝트를 제안했다. 청소부터 시작해 꽃을 심는 것까지 구체적인 계획을 세웠고, 프로젝트에 관심 있는 친구들을 모집했다. 그렇게 '학교 둘레길 꽃길 만들기'가 시작되었다.

먼저, 둘레길 주변의 생태환경을 조사했다. 생명과학 선생님의 조언을 듣고 어떤 꽃을 심을지, 어떻게 파종할지를 논의한 뒤, 학생들과 함께 산에 올라 씨를 심었다. 2주쯤 지나니 싹이 돋아나는 모습을 볼 수 있었고, 늦봄에 심은 꽃들은 가을에 활짝 피었다.

화단을 가꾸는 동안, 자연 속에서 보내는 시간이 늘어났다. 학생들은 일주일에 두세 번씩 학교 주변 길을 걸으며 자연의 변화를 체감했다. 영진이 역시 프로젝트에 누구보다 열정적으로 참여했다. 건강도 좋아졌고, 피곤함을 잊은 듯 활기차게 움직였다. "화단에 벤치를 설치하고 철학자의 말들을 담은 팻말을 세우면 어떨까요?" 한 학생이 일본 정원에서 본 기억을 떠올리며 제안했다. 플라톤, 데카르트, 칸트 등 철학자들의 명언이 적힌 팻말을 화단 곳곳에 세웠다. 빌 포터의 이야기도 요약해 금잔화 옆에 설치했다. 금잔화의 꽃말인 '인내'는 빌 포터의 삶과 잘 맞았다.

빌 포터는 뇌성마비로 태어나 여러 차례 일자리를 구하려다 번번이 거절당했다. 포기하려던 순간, 어머니의 치매 증상이 시작되었고, 그는 어머니를 돌보기 위해 다시 힘을 내어 왓슨사의 영업직으로 취업에 성공했다. 장애를 이겨내고 끊임없이 노력한 끝에 그는 회사에서 가장 신뢰받는 판매왕이 되었다. 그의 이야기는 학생들에게도 큰 울림을 주었다. 인성교육이 필요했던 많은 학생들도 이런 이야기를 들을 때는 차분해졌다.

학교 주변 가꾸기는 3년간 이어졌다. 코로나로 마스크를 써야 했던 시기에도, 학생들과 지역 주민들은 잠시 마스크를 벗고 자연화단에서 여유를 즐겼다. 영진이 부모님이 "화단 가꾸기를 하며 영진이 건강이 정말 좋아졌습니다."라며 병원 가는 빈도가 줄었다는 소식을 전했다. 화단 가꾸기 프로젝트는 학교생활기록부 자율활동란에 기재되었다. 건국대 산림조경학과에 지원하였고 면접에서도 이 부분을 물어봐서 자신 있게 대답한 덕분인지 합격했다. 다른 참여 학생들 중 대학 진학을 포기했던 이들도 지역의 국립대와 사립대에 합격하는 성과를 거뒀다. 학생들의 몸과 마음이 건강해지고 대입에도 활용하면서 학생들에게 활력이 생겼다.

흡연 경험이 있는 학생들과 사제동행 금연 산행을 하면서 사제동행 등산 활동을 보다 확장한다면 학생들의 생활기록부 기재에도 더 많은 도움을 줄 수 있을 것이라는 생각을 했다.

'금연에 성공했으니 금연의 필요성을 알려볼까?'

금연을 어떻게 알릴지를 고민하던 중 금연의 폐해를 지역민에게 알리는 일을 생각했다. 등산로에 흡연의 폐해를 알리는 팻말을 제작하여 설치하기로 했다. 설문조사를 통해 등산로에서 가장 힘들어 하는 구간을 확인하고 보건선생님의 조언을 구해 심폐소생술 방법을 소개하는 표지판을 설치하기로 했다. 나무판을 자르고 마감을 하는 일은 학교 주사님께서 도와주셨다. 지역신문사에서는 활동의 의미를 소개하는 기사를 내어 주셨다. 학생과 교사, 지역사회의 협력으로 등산로 가꾸기 프로젝트의 첫 활동이 성공적으로 마무리되었다. 첫 시도가 잘 마무리되고 나니 다른 동아리들에서도 활동을 하겠다는 요청이 이어졌다. 효자봉에 서식하는 동식물의 생태를 소개하는 안내판, 멋진 시를 소개하는 팻말, 철학자의 명언을 담은 팻말들도 만들어 보기로 했다. 축산학과, 수의학과, 산림조경학과, 국어국문학과, 교육대학, 철학과를 희망하는 학생들과 금연 캠페인에 참여했던 학생들이 함께 힘을 합쳤다. 표지판을 만들기 위해 학생들이 자료 조사한 내용은 학교생활기록부에 기재해 주었다. 효자봉 인근의 동식물의 생태를 조사한 학생은 경북대 수의예과와 경상대 수의예과에 합격했다. 공동의 프로젝트에 서로 안 어울릴 것 같은 친구들이 함께하면서 학생들의 활동은 시너지 효과를 냈다. 다 같이 설치한 곳을 둘러보며 사진을 찍을 때는 잘 어울리지 않던 친구들이 어느새 친구가 되어 있었다. 담배를 피웠든 피지 않았든, 공부를 잘하든 못하든, 공동의 프로젝트 안에서는 모두가 친구였다.

주민센터에서 연락이 왔다. 산을 둘러보면서 제작한 표지판들을 본 것이다. "센터에서 팻말을 영구 팻말로 바꿔 드릴 테니 학생들이 작성한 시안을 보내주실 수 있나요?" 학생들이 들인 노력 그리고 만든 작품들이 지역사회에 기여하게 된 것이다. "얘들아 너희들의 첫 시작이 이렇게 멋진 작품들로 재탄생하게 되었어. 앞으로 효자봉을 오를 때 부모님께 자랑도 하고 친구들에게 자랑도 하렴. 너흰 정말 대단해!"
이듬해에는 등산로 초입부터 어느 지점까지의 거리를 알려주는 안내판을 설치할 계획을 세웠다. 실제 산에서 돌발 상황이 발생하면 119에 정확한 위치 알리기가 어렵다. 등산 초입부터 거리를 측정하여 500m 지점마다 안내판을 설치하고 이를 관할 소방서에 알려드리면 혹시 모를 상황에서 위치확인이 쉬울 것 같았다. 여러 차례 산을 오르면서 거리를 재고 잘 보이는 위치에 팻말을 설치했다. "제가 살고 있는 지역에 기여한다고 생각하니 뿌듯합니다." 지역민들로 부터도 감사하다는 연락을 받았다. 학생들이 지역사회의 일원으로 더 바르게 성장해나길 응원한다.

6.

밥상머리에서 쌓아간 성장 이야기

"선생님 덕분에 졸업도 하게 됐고 대학도 가게 되었어요. 감사드려요."

"그렇게 말해주면 고맙지. 그렇지만 네가 잘한 거야. 샘은 그냥 도와준 것뿐인데?"

"그때 선생님이랑 같이 밥 먹으면서 마음을 새롭게 먹게 되었어요. 그전에는 제가 뭘 하고 싶은지, 무엇을 해야 할지 별로 생각 안하고 살았거든요."

고등학교를 졸업한 지 2년 된 졸업생에게서 연락이 왔다. 졸업식 전날 밤, 집 앞으로 찾아와 "선생님 덕분에 졸업도 하고 대학도 가게 되었어요. 정말 감사드려요."라며 수줍게 인사하던 그 아이가 이제는 밝고 당당한 여대생이 되어 있었다.

수빈이를 처음 만난 것은 2017년이었다. 초등학교 5학년 때 부모님의 재혼 후 방황하기 시작해, 어릴 때는 곧 잘하던 공부도 놓아버리고 있었다. 사춘기가 그렇게 심하진 않았는데 직업훈련 위탁교육을 받을지, 계속 공부해서 대학을 갈지 갈등하던 수빈이는 점차 친구 문제까지 겹쳐 3일째 학교에 나오지 않았다. 결국 나는 수업이 없는 시간을 활용해 출장을 신청하고 가정 방문을 하기로 결심했다. 문 앞을 배회하며 수빈이를 기다리다, 아파트 경비실 아저씨께 상황을 설명하기도 했다. 그렇게 3시간째 기다리다가 이제는 학교로 돌아가야겠다고 생각하고 돌아서려는 순간, 집으로 들어오던 수빈이와 만났다.

밥도 먹지 않았는지 더 야위어 보였고 지쳐 보였다. '따뜻한 국밥 한 그릇 먹이고 싶다.' 속이 꽉 찬 순대와 야들야들한 고기, 그리고 뽀얀 국물은 헌혈로 허기진 배를 든든히 채워주기에 충분했다. 게다가 아직도 뚝배기에서 보글거리는 국물의 열기는 아이의 마음을 녹였고 막혔던 눈물샘을 열었다. 수빈이도 국물 한 숟갈 먹더니 눈물을 흘렸다. '많이 힘들었구나.' 순대국밥은 마치 늘어진 어머니의 따뜻한 품처럼, 힘든 며칠을 보낸 아이에게 위로를 안겨주었다. 마음이 열리니 속에 있는 이야기들을 들려줬다. "선생님 제가 예전에 엄마아빠랑 먹었던 국밥도 진짜 대박 맛있었어요." 자신이 어릴 때 세 가족이 한 번씩 먹었던 순대국밥은 어떤 맛이었고 여기와는 어떻게 다르다는 것을 격앙된 말투로 이야기할 때는 순수함에 웃음도 나왔다. "이제 엄마가 조금 이해는 될 것 같긴 한데, 돌아가시고 나니 왜 떠났는지 물어 볼 수도 없고 마음이 아파요." 아이가 눈물 흘리며 말하는데 나도 달리 해줄 수 있는 위로가 없어서 나도 눈물만 흘렸다. 마음을 열고 진심을 확인하니 담임인 내 말을 잘 따르기 시작했다. "우리 같이 의미 있는 일 해볼래?" 당시 헌혈동아리를 만들어 헌혈을 하고 모은 헌혈증으로 백혈병소아암 재단에 기부해오고 있었는데 수빈이에게도 같이 해보자고 했다. 그렇게 수빈이와 주기적으로 헌혈도 하고 마치면, 순대국밥도 먹으며 많은 이야기들을 나눴다. 수빈이는 헌혈의 집의 간호사님이 멋있어 보였는지 간호사의 꿈을 꾸고 열심히 공부하여 7년이 지난 지금은 대학병원 간호사로 근무하고 있다.

나는 순대국밥 마니아다. 자취할 때는 아침저녁으로 먹기도 했다. 사장님이 아침부터 저녁까지 운전하는 기사님으로 착각할 정도였다. 순대국밥은 허기진 배를 채워주는 것은 물론이고 무엇이든 할 수 있겠다는 자신감까지 선물해줬다. 식당마다 국물도 다르고 고기도 다르고 들어가는 부속물도 달랐지만 한 그릇 가득 담아주는 국밥은 언제나 사랑이었고 정(情)이었다. 스트레스가 쌓일 때는 매운 고추 다대기를 팍팍 넣어 진땀 흘리며 먹기도 하고, 새우젓만 넣어 담백하게 먹기도 했다. 호호 불어먹는 국밥 한 그릇은, 마음의 긴장까지 한 번에 녹여준다. 국밥은 늘 그렇듯 사랑이다.

학생들과 등산을 하거나 자전거 라이딩을 할 때도 활동 후에는 늘 순대국밥집으로 향했다. 2016년부터 2018년까지 지도해오던 자전거 동아리원이었던 승준이는 학교에서 소위 말하는 문제아였다. 선생님이 일상적으로 하는 지시조차 참지 못하고 반항했었고, 자기의 마음에 들지 않으면 소리를 지르고 뛰쳐나가기를 반복했다. 그래도 유일하게 좋아하는 것이 자전거 타는 것이었고 마침 내가 자전거 동아리를 운영하고 있을 때 승준이를 소개받게 되었다.

"선생님, 우리 반 학생인데 자전거에만 관심을 갖고 있어요. 교장 선생님이 꼭 자퇴를 하겠다고 하면 그래도 좋아하는 자전거라도 한번 타보게 하고 자퇴 절차 밟으라고 하셔서요." 자전거라는 공통의 관심사에 대해서는 이야기를 해도 마음 속 이야기는 좀처럼 하지 않았다. 2학기 중간고사가 끝나고 구미에서 대구 달성군까지 왕복 80km 라이딩을 함께했다. 투덜투덜 불평을 늘어놓을 줄 알았는데 별말 없이 즐기듯 자전거를 탔다. 함께 사진도 찍고 다른 동아리원들이 지쳐할 때는 일부러 속도도 맞춰줬다. 출발 장소인 학교 근처로 와서 자주 가던 순대국밥집으로 향했다. 원래도 국밥의 양이 많기도 했지만 학생들을 데리고 갈 때면 국물이 넘칠 정도로 많이 담아 주셨다. 온정을 느끼면서 국물을 뜨는데 전혀 그럴 것 같지 않았던 승준이가 눈물을 보였다. 본인은 눈물이 아니라고 했지만 그간의 아픔이 담긴 눈물이었다. '이 녀석 덩치만 컸지 속은 아직 여린 아이였구나. 마음고생이 많았었구나.' 순대국밥의 순대는 속이 찼으면서도 부드럽고 속 깊이까지 따뜻하여 끝까지 온기를 머금고 아이의 마음을 풀어줬다. 뒤에 들어보니 모두들 자신에게 뭐라고만 했지 이렇게 따뜻한 마음을 보여준 사람이 없었다고 했다. '사실 순대국밥이 다 한 거다.' 많은 이야기를 하지 않았지만 함께 국밥 한 그릇을 하고는 뒤엔 서로 같은 편이 된 느낌을 느꼈다. 승준이는 이후 생활에서 어떠한 문제를 일으키지 않은 것은 물론이고 오히려 모범적으로 행동했다. 2년 뒤 부사관이 되어 정복을 입고 내가 근무하고 있는 학교로 찾아왔다. "선생님 저 오늘 처음 휴가 나와서 아버지와 친척들 뵙고 선생님한테 바로 왔어요." 아버지가 사업 실패로 일용직 일을 해오고 있던 중 최근에 크게 다쳐 일을 쉬고 있는데 늠름한 직업군인이 된 아들이 너무 자랑스러워 친척들한테 인사시켰다는 이야기를 들는데 나 역시 눈물이 났다. "선생님 그때 자전거 타고 먹었던 순대국밥집에 가요. 저도 병사들 데리고 한 번씩 부대 근처 순대국밥집에 갔어요. 그때 생각이 나서요."

'인생의 힘듦을 경험하게 될 우리 아이들에게 따뜻한 국밥 한 그릇 먹이며 위로해줘야지.'라는 생각으로 아이들을 지도해 온지도 어느덧 10년이 넘어간다.

졸업하고 나서 만만하지 않을 사회생활에 지쳐 있을 즈음, 우리 아이들, 순대국밥이나 한 그릇 먹이며 응원해 주고 싶다.

7.

두 발로 새긴 독립운동의 숨결

"우리 구미에 이런 분이 계셨다고? 와 쩐다."

왕산허위생가를 가보고 민수가 처음 한 말이었다. 서울 진격작전을 펼쳤던 의병장 왕산허위는 역사적으로 영향력이 큰 인물이었다. 박휘광, 장진홍 의사 역시 구미, 칠곡의 자랑이다. '자전거를 타며 역사 공부를 한다.'는 말을 듣자 학생들은 흥미로워하며 기대에 찬 모습을 보였다. 아이들이 역사적 인물뿐만 아니라 그들이 활약했던 고장 구미, 칠곡도 같이 보고 느끼라는 의도였다.

"선생님 대전사 근처에 폭약이 숨겨져 있었다던데요?" 대구, 경북지역 독립운동사를 맡아 발표준비를 하던 학생 중 한 학생이 영화에나 나올 법한 이야기를 했다. 총알도 아니고 폭탄이라니, 영화에 나올 것 같은 흥분되는 이야기를 신문에서 보고 알려줬다. 흥미가 생긴 학생들은 앞다투어 비슬산에 얽힌 이야기들을 조사하고 조사한 내용들을 급우들 앞에서 발표했다.

"조기홍 지사는 1919년 독립운동을 독려하는 인쇄물을 만들어 배포하다가 체포되어 대구형무소에서 1년 옥고를 치렀다. 1920년에도 동지들과 독립운동을 협의, 폭탄을 제조해서 비슬산에 숨겨둔 채 기회를 기다리던 중 일경에 체포되어 징역 3년 6월형을 언도받아 옥고를 치렀다. 그 이후에도 독립운동을 계속하던 지사는 1943년 다시 일경에 피체되어 가혹한 고문을 받았다. 결국 지사는 고문 후유증으로 1945년 8월 2일 광복을 13일 앞두고 순국했다."

나 역시 여러 차례 비슬산에 올랐지만, 이곳이 조기홍 지사의 독립운동 유적지라는 사실은 전혀 알지 못했다. 아마도 비슬산을 동네 뒷산처럼 자주 등산했던 다른 분들도 마찬가지일 것이다. 관할청에서 비슬산의 독립운동 유적지로서의 의미를 담은 안내판이라도 하나 세워두면 좋을 것 같은데, 독립운동을 소개하는 안내가 전혀 없었다. 학생들과 무엇을 할 수 있을지를 함께 고민하던 중 이곳을 알리는 영상을 제작하기로 했다. V-log 방식의 영상에는 유쾌함이 넘치고 영상에 곁들인 역사 지식은 청소년들의 호기심을 자극하기에 충분했다. 뉴스기사에서 출발한 비슬산에 얽힌 독립운동사 찾기 여행은 이제 우리에 의해 재해석되고 재창조되었다.

교사인 내가 가장 잘 하는 자전거 라이딩과 지역 독립운동유적지 탐방을 결합하여 '두발로 떠나는 나라사랑 여행'라는 동아리 이름을 지었다. 학교 시험기간의 마지막 날에 학생들과 정기적으로 라이딩 활동을 계획했다. 왕산허위 생가로부터 선산, 해평 3.1 운동 장터, 달성군 독립운동 장소를 낙동강 자전거 길을 다니다 보면 낙동강처럼 유유히 흘러가는 독립운동사의 얼을 몸으로 느낄 수 있을 것 같았다.

"애들아, 독립운동가를 찾아가는 길이 쉽지 않지?" 사실 차로 가면 20분이면 갈 수 있는 거리지만, 우리는 그곳을 그냥 지나치곤 한다. 대단한 곳인 줄 모르고 지나칠 때가 많다. 그러나 만약 그곳까지 걸어가거나 자전거를 타고 간다면, 몇 시간이 걸리거나 수십 분이 소요되는 그 시간 동안 독립운동가에 대해 더 깊이 생각할 수 있지 않을까? 그들의 얼은 유적지에만 있는 것이 아니라, 그들이 거닐었던 산천에도 함께할 것이다. 그래서 우리는 유적지로 가는 길부터 독립운동가의 혼을 느끼기 위해 직접 두 발로 나섰다.

왕산허위기념관에는 허위에 대한 문헌자료, 영상자료가 잘 구비되어 있다. 자신의 목숨까지 내놓으며 국가를 위해 헌신한 분을 보면서 자연히 숙연해졌다. 학생들과 돌아보는데 한 학생이 갑자기 역사적 시기를 헷갈려 하는 질문을 했다. 이후 역사 선생님의 협조를 얻어서 같이 탐방한 곳에 대해서는 한 번 더 공부하는 시간을 가졌다. 또한 역사와 영어를 연계한 특별수업을 기획하여 학생들이 지역사에 대해서 더 자세히 알아보고 알아본 내용을 가지고 영어 홍보자료를 만들어 보았다. 개별적으로 논문자료, 문헌자료를 찾아보며 역사적 의미, 사회적, 경제적 배경을 찾아보는 등 학습을 병행했다. 자전거만 탈줄 알고 온 학생들이라 놀라기도 했다. 그러나 막상 시작해보니 재미있는지 적극적이었다. '한국사에 대해서 기본 이상 알고 지역사에 대해서는 전문가가 되자!'라는 모토로 우리 지역의 독립운동사를 찾아보고 또 함께 다녀보면서 배우고 익혔다. 학생들과 지역 곳곳을 다니며 찍은 영상을 활용하여 제작한 동영상을 지역사회와 공유했다. 자신들의 활동이 긍정적으로 평가받는 경험을 통해 더욱 열정적으로 참여했다. 독립운동사의 얼을 배우는 과정이 단순 학습을 넘어 자부심과 책임감을 느끼는 계기가 된 것이다.

친구들과 떠난 나라사랑 여행 소감(동아리 기장)

나는 늘 독립운동에 관심이 많았다. 영화 〈암살〉을 본 뒤, 독립운동가 한 분, 한 분이 저마다의 스토리를 가지고 있다는 생각이 들었다. 특히 전지현 배우가 연기한 캐릭터가 실제 역사 속 남자현 의사라는 걸 알고, 3일 동안 남자현 의사의 일대기를 찾아본 적이 있다.

선생님이 나라사랑 학습동아리 공모 이야기를 꺼내셨을 때, 작년에 함께 금오산에 올랐던 친구들과 모여 이야기를 나눴다. 그리고 자전거 타고 독립운동지 여기저기 다녀보는 것이 재미있을 것 같아 참여했다.

동아리 첫 활동은 지역의 독립운동사를 탐방하는 것이었다. 1학기 중간고사가 끝난 날, 자전거를 타고 구미와 칠곡에 있는 독립운동 유적지로 향했다. 길을 달리며 맞는 바람이 정말 시원해서 기분이 좋아졌다.

7월 초에는 가야산 등산이 있었다. 산세가 험하여 힘들어했지만, 서로를 격려하며 끝까지 아무도 포기하지 않았다. 정상을 밟았을 때의 성취감은 그 어떤 수업에서도 느껴보지 못했던 강렬한 기쁨이었다. 정상에서 잠시 쉬며 성주군 독립운동 이야기를 나누었다. 산에서 내려온 후에는 성주

군 독립운동 이야기를 바탕으로 포스터를 만드는 활동을 했다. 각자 마음에 남은 내용을 표현하는 과정이 재미있었다. 주호는 우리가 함께한 여행과 활동을 영상으로 만들어줬다. 원래도 학교 행사 때마다 영상 편집을 맡아온 친구라 기대했는데, 방송반 친구의 내레이션까지 더해져 진짜 멋졌다. 매 시험 마지막 날 마다 다니니 재미있었다. 언젠가 능력이 된다면, 나도 학생들이 자기 지역을 사랑하고 자부심을 가질 수 있도록 이런 활동을 도와주고 싶다는 꿈이 생겼다.

8.

보이지 않는 손: 그건 사랑이었네

경제학자 애덤 스미스는 『국부론』에서 시장경제의 암묵적인 자율 작동 원리인 '보이지 않는 손'을 언급했다. 학교에서 사제동행 활동을 하고 인성 교육과 진학 지도를 하다 보면, 이 '보이지 않는 손'이 나를 도와주고 있음을 종종 느끼게 된다. 학생들과 수십 킬로미터를 달릴 때 아무 사고 없이 활동을 마칠 수 있었던 것은, 동료 선생님들이 기꺼이 맨 후방에서 함께 달려주었기 때문이고, 때로는 차량으로 후방 콘보이를 해주었기 때문이다. 생활지도를 하면서 학생들에게 따끔하게 혼을 내거나 벌을 줄 때에도, 학생들이 엇나가지 않고 자신의 잘못을 인정하는 데에는 담임 교사와 학년부장을 신뢰하는 부모님의 한마디가 큰 역할을 했다. 시험 기간에 아이들과 등산을 할 수 있었던 것도, 내가 출제한 시험 문제를 동료 선생님들이 함께 검토해 주었기 때문이다. 만일 시험 문제에 오류가 있어 재시험을 보거나, 복수 답안 처리를 해야 하는 상황이었다면, 마음 편히 학생들과 산을 오를 수 있었을까?

2019년 학생들을 데리고 헌혈의 집에 갔던 일이 떠오른다. 부모님의 동의를 받고 학생들과 함께 헌혈을 했는데, 재석이가 미주신경성 실신으로 헌혈 후 일어나지를 못했다. 그 순간 괜히 무리해서 헌혈을 시켰나 싶어 자책도 되었고 앞으로 악화되지 않을까 걱정도 되었다. 집에 전화를 걸어 학생의 상태를 설명하자, 학부모님께서는 "좋은 일을 함께 해주시려고 했는데 당연히 이런 상황도 있을 수 있죠. 너무 걱정 마세요 선생님."이라며 오히려 나를 위로해 주셨다. 직접 차를 타고 구미 시내까지 오셔서 다른 학생들까지 먹이라고 햄버거까지 결제해 놓고 가셨다. 감사한 마음으로 학생들과 함께 먹긴 했지만, 지금 생각해 보면 놀랄 일이다. "왜 체크 제대로 안하셨어요?"라고 따질 수도 있을 텐데 감사하다 말씀하시고 도리어 다른 아이들까지 챙겨주는 모습이 감동이었다. 나도 감동을 받았지만, 아이들은 얼마나 크게 느꼈을까? 활동 후 받은 후기에서 한 학생은 재석이 부모님께 편지글까지 적으며 자신도 그런 어른이 되고 싶다고 했다.

또 학생들과 외부 활동을 많이 나간다고 선크림과 양말을 선물 해주시는 선생님도 계셨고, 도시락을 사주신 선생님도 계셨다.

한 번은 지필평가 복도 감독으로 들어갔는데, OMR 카드를 마지막에 바꿔 달라는 학생들이 있어 당황했던 적이 있다. 학생들 스스로가 시간 계산을 잘못한 탓이 크지만, 복도 감독으로서의 역할을 제대로 했는지에 대해 엄격한 잣대로 들이댄다면 나도 할 말이 없는 상황이었다. 그 상태에서 교무실 선생님들과 볼링을 치러 갔는데, 집중이 될 리 없었다. 그 상황을 아셨는지 평가 담당 선생님께서 걱정하지 않아도 된다고 연락을 주셨다. 학생의 민원 제기도 없었고, 당시 상황을 관리자께 잘 보고 드린 덕분에 아무 문제없이 마무리 되었다. 그 다음 날 학생들과 자전거 라이딩 활동을 앞두고 걱정이 있었는데, 크게 여겨지던 일이 잘 해결되니 나머지 일들은 너무나 쉬웠다. 나의 부족한 부분은 여기저기서 '보이지 않는 손'이 채워주고 있었다. 도와주는 손들이 있다는 생각에 지칠 만할 즘에도 용기를 얻는다. '보이지 않는 손'의 원리는 단순히 경제학에서만 적용되는 것이 아니라, 내 교직생활 속에서도 자연스럽게 실현되고 있다.

2장

성장의 희열을 맛보다

: 인성교육

교육은 마음과 정신을 모두 성장시키는 것이다. 지식만으로는 부족하다. 인간성을 빚는 일이야말로 진정한 교육이다.
- 아리스토텔레스

최근 뉴스를 보며 인성교육의 중요성을 절감한다. 청소년들의 일탈은 이제 단순한 문제를 넘어 사회적 우려를 낳고 있다. 그러나 문제 해결의 방법이 단순히 처벌로 끝나서는 안 된다. 억눌린 에너지와 분노는 건강하게 발산될 때 비로소 치유의 기회를 얻는다.

교사는 학생들과 함께 그 길을 걸으며 인성교육을 실천해야 한다. "인성교육을 한다."는 일방적 방식으로는 효과를 기대하기 어렵다. 대신 프로젝트나 사제동행활동을 통해 교사와 학생이 하나의 팀으로 협력하며 목표를 이루어 나갈 때, 자연스럽게 서로를 이해하고 성장할 수 있다.

1.

승패를 넘어 성장하는 예체능반

Smooth seas do not make skillful sailors.
(잔잔한 바다는 훌륭한 항해사를 만들지 못한다.)

- 아프리카 속담

예체능반 담임을 맡은 해, 바람 잘 날이 없었다. 수업을 들어간 선생님이 아이들 태도가 좋지 않다고 쉬는 시간에 전화를 했다. 또, 지방법원에서 반 학생 두 명을 보호관찰 들어간다고 연락을 해오기도 했다. 학교에서 오래 버티기 힘든 학생들은 쉬는 시간에 연신 집에 가야겠다고 찾아오기도 했다.

"너희는 정말 잘하는 게 있는 애들이잖아. 축구에서 졌다고 좌절하지 말고, 성적이 좀 낮다고 낙심하지도 마. 너희는 이미 정말 멋진 아이들이야. 파이팅!"

2016년, 고3 예체능반 담임을 맡았다. 인문계 고교에서는 방과후 수업과 야간 자율학습이 필수였지만, 예체능반은 이 의무에서 비교적 자유로웠다. 학생들은 자신이 가고자 하는 전문 분야의 학원에 갈 수 있는 시간을 가질 수 있었다. 체육, 미술, 음악, 미용, 직업 훈련 등 다양한 꿈을 가진 25명의 학생들 중 실제 교실에 앉아 있는 학생은 대개 16명 정도였다. 나머지 학생들은 직업 훈련이나 개인 사정으로 학교에 나오지 않는 경우가 잦았다. 자연히 성적은 다른 반에 비해 평균 15점 정도 낮았다.

아이들의 사연을 듣다 보면, 그들이 단순히 교실에 앉아 있는 것만으로도 대견하게 느껴질 때가 많았다. 아버지가 안 계시는 경우, 어머니가 안 계시는 경우, 또는 어릴 때 큰 병을 앓았던 경우 등 대부분이 학업에 온전히 집중하기 어려운 환경 속에 있었다. 그럼에도 잘 버티어내는 아이들을 보며, 현재의 상황만 잘 이겨 낸다면 앞으로 충분히 잘 해낼 수 있을 것이라는 믿음이 생겼다. 또 이 아이들의 넘치는 에너지를 알기에, 만날 때마다 자신감을 잃지 말고 스스로 원하는 길을 굳건히 헤쳐 나가길 응원해 주었다.

예체능반 학생들에게 축구는 중요한 의미를 가졌다. 교내 스포츠 리그와 체육대회를 합쳐 스포츠 리그 상위팀이 체육대회에서 경기를 하기로 예정되어 있었다. 이기기 위해 직업훈련을 간 아이들까지도 축구를 잘한다고 하면 학교로 불러들여 일주일간 연습했다. 당일에 복장을 맞춰 입은 아이들은 마치 월드컵 결승에 나가는 팀처럼 사진을 찍었다. 약간은 과한 것 같은 이 들뜬 느낌이 나는 오히려 불안했다. '저러다 지기라도 하면 어쩌노, 그럼 큰일인데….'

본선 첫 게임은 가볍게 이겼다. 이제 두 게임만 더 이기면 우승이었다. 4강전 상대는 한 학년 아래 2학년 팀이었다. "선생님 저기 팀에서 2명이 축구 잘해요." 우리 반 미술 하는 학생이 내게 슬쩍 일러줬다. '그래도 우리 반은 예체능반인데.'라는 생각으로 스스로를 안심시키고 경기를 관람했다. 거세게 몰아치는 것은 우리 반이었지만 상대는 의연하게 대처했다. 그러다가 상대편 찬스가 왔고 그 찬스에서 바로 한 골을 먹었다. 계속 밀어붙이다가 한 골을 먹으니 우리 아이들이 더 파상공세로 밀어붙였다. 만회골이 바로 나왔어야 하는데 쉽지 않았다. 결과는 2대 0, 경기가 끝나고 아이들이 운동장에서 나오지 않았다. 어떤 아이는 무릎을 꿇고 있었다. 한일 축구 대표팀이 아시안게임 결승에서 만나 아깝게 졌을 때 분위기가 이보다 더 비참하지 않을 것 같았다.

"아이, 진짜 뭐 제대로 되는 게 하나도 없네."

한 아이가 나직히 말했다. 이 말이 내 가슴에 강하게 꽂혔다. 실제 그렇게 느낄 것 같았다.

내 위로가 크게 먹힐 것 같지는 않지만 그대로 둘 수 없었다.

"너희들 가방 다 챙기고 4시 반까지 정문 앞으로 모여."

기가 왕창 죽은 모습들로 모였다. 빠진 학생들은 없었다.

"야, 기왕 하는 거 우승하고 오라 했는데 졌으니 정신교육 좀 해야겠네? 그래도 누구보다 하고자 하는 투지가 보여서 그 투지를 높게 보고 싶구나. 모두들 정말 수고 많았다. 샘이 국밥 쏜다."

선생님한테 잔소리나 왕창 듣고 야단이나 맞을 줄 알고 긴장한 아이들의 표정에 미소가 돌았다. "선생님, 감사합니다." 동료 선생님의 차와 내 차에 나눠 타고 아이들을 근처 순대국밥집으로 데려갔다. 차 두 대에 꼭꼭 채워 두 번씩 열심히 실어 날랐다. 순대국밥집 한쪽 방에서 아이들이 밥 먹는 소리가 너무 행복하게 들렸다.

"얘들아 기분이 어때?"

"솔직히 실패한 것 같아요. 유일하게 믿는 게 운동이었는데 운동도 잘 안 되고요."

"너희들 농구선수 중에 마이클 조던 다 알지. 마이클 조던이 15년 동안 농구하면서 우승한 해는 6년인데 그러면 9년은 실패한 건가? 아니지. 어릴 때 불우한 시절을 보내고 처음부터 승승장구하지 않았던 마이클 조던을 아무도 실패한 선수라고 하지 않아."

아이들과 이런저런 이야기를 하는 사이에, 따뜻한 국밥이 마음을 녹여 준 덕분에 아이들 표정이 조금은 밝아졌다.

"얘들아, 너희들 열심히 정말 잘했어. 하지만 그걸 뛰어넘는 실력을 갖추는 것도 필요해. 운동 좀 한다고 폼 그만잡고 이제는 기초 체력을 더 단련해야 하지 않을까? 담배도 끊고 열심히 운동에 치중해야지."

아이들은 6개월도 안 되는 시간 만에 더 단단해졌다. 그리고 여기에서 7명이 학교 스포츠클럽 축구 학교 대표로 선발되었다. "선생님, 다녀오겠습니다!" 도대회를 가볍게 우승하고 전국대회까지 진출했다. 전라남도까지 가서 원정경기를 하는데 우리 반 출신 선수가 6명이나 있었다. "선생님, 그때 학교 체육대회에서 졌던 것이 기억에 많이 남아요." 졸업식 때는 축구로 공로상까지 받고 기념사진을 찍는 아이들에게는 자신감이 넘쳤다. 예체능반 아이들이 축구에서 진 그날이 아이들에게 더 성장하는 계기가 되었던 것이다.

"오늘은 제가 밥을 사드리고 싶습니다." 당시 예체능반이었던 제자 2명이 찾아왔다. "선생님이 그날 사주신 순대국밥은 평생 못 잊을 것 같습니다. 오늘은 알바에서 번 돈으로 제가 사드릴게요." 평소 같으면 "애들이 돈이 어디 있다고!" 하면서 사양했겠지만 마음을 생각해서 가기로 했다. 만나서 체육대회 때 축구 경기를 졌던 이야기, 같이 여러 운동을 하면서 경험한 지난 시간들을 이야기했다. 원하는 대로 되지 않을 때 세상 무너질 것처럼 힘들어 했던 학생들이 언제 그랬냐는 듯 툴툴 털고 일어나서 자리를 찾아가는 것 같았다. 신체조건이 좋고 운동을 좋아하던 기성이는 체육학과로 진학하여 스포츠 관련 자격증을 5개나 땄단다. 헬스를 좋아했던 종호는 대전에서 잘나가는 클럽에서 PT 트레이너를 하고 있었다. 그리고 말썽을 제일 많이 부렸던 청하는 완전 바뀌어 멋진 육군 부사관으로 전방에서 근무 중이다. 아이들이 힘들어 할 때는 교사인 우리도 같이 마음 졸이고 때론 걱정으로 밤도 지샌다. 하지만 파도가 거세면 거셀수록 우리의 염려를 넘어 아이들은 더 나은 항해사로 성장한다. 교사인 우리도 아이들을 지도하며 마음의 크기가 커진다. 더 커진 아이들을 두 팔 벌려 안을 수 있을 정도로… 말이다.

2.

스포츠로 배운 포기하지 않는 자세와 성장

수시상담을 탁구장에서

꾸준히 하는 것은 좋은 거야. 어릴 때 옆집 태영이네 집에 있던 탁구장은 동네에서 최고의 놀이터였다. 탁구공 한두 개로 시간 가는 줄 모르고 놀며 밥때가 지나가는 것도 잊곤 했다. 탁구 열정은 고등학교 기숙사 생활에서도, 군대에서도 계속 이어졌다. 군대에서는 선수 출신 소대원과의 단식경기에서 이겨보겠다고 21점 내기를 했다가 질 것 같아 50점 내기, 여기서도 질 것 같아 100점 내기로 바꾸어 가까스로 이겼던 기억도 있다.

2016년에 맡은 예체능반 학생들은 야간자습에 남는 경우가 거의 없어, 이들과 이야기를 나누려면 일과 중 다른 시간을 활용해야 했다. 점심시간에 강당에서 운동하는 학생들이 많아 나도 자연스레 강당을 자주 찾게 되었다. 시간이 넉넉할 때는 배드민턴, 족구 등 다양하게 했지만 잠깐 즐겼던 것이 바로 탁구였다. 탁구를 치면서도 대화를 할 수도 있고, 인생을 게임에 빗대어 여러 가지 이야기들을 해 줄 수도 있었다. 무엇보다 내가 탁구에 자신 있었다.

처음에는 경직되어 있다가도 함께 운동을 하다 보면 금방 친해지게 된다. 내가 조금 익숙해지고 편해지면서 수시로 나에게 운동을 하자고 하거나, 때로는 나를 이겨보겠다고 기를 쓰고 달려드는 학생들도 있었다. 적당한 경쟁, 그리고 승부욕은 필요하다. 운동을 좀 하는 학생들도 나를 까다로운 탁구 상대로 생각했다. 어릴 때부터 배운 것은 아니었지만 15년 넘게 쳐왔다. 2012년에 관장님과 탁구 매일 저녁 탁구를 쳤었고 2015년에는 탁구 중급, 고급 직무연수도 받았었다. 승부에 관심이 많은 학생들이 내가 우위에 있는 모습을 보고는 내 말을 더 잘 들으려 했다. 학생들의 자세가 겸손해지면 그때부터는 어떤 상담이든 교육이든 더 잘 이루어졌다.

탁구를 통해서 내 건강도 더 좋아졌다. 그리고 탁구 경기를 하면서 내가 학생들에게 전하고 싶은 말도 전해줄 수 있었다.

"한 번 공을 세게 쳐서 점수를 딸 수는 없어. 권투 선수가 강력한 한 방을 날리기 위해 수많은 잽을 날리고, 호랑이가 먹잇감을 노리기 위해 수없이 주변을 어슬렁거리는 것처럼, 너도 한 번에 점수를 따려 하지 말고 기회를 노려야 해. 상대가 치기 어려운 공을 보내면서, 한 방을 결정적으로 날릴 타이밍을 잡아야 해."

"지금 네가 11점 내기에서 6대 10으로 뒤지고 있지? 그렇지만 2점을 연속으로 따면, 스코어 상으로는 여전히 2점 뒤지더라도 심리적 압박을 느끼는 쪽은 상대일 수 있어. 우리는 보통 전환점을 점수가 동점되는 순간으로 보지만, 사실 전환점은 변화가 시작되는 지점이야. 수학적으로 치면 변곡점에서 변화가 이미 시작된 것처럼, 방금처럼 8대 10이 되는 순간이 전환점이지, 10대 10이 되는 순간이 아니야."

체육관에서 들은 이야기는 수업시간이나 상담실에서 들은 이야기보다 훨씬 더 잘 받아들이는 것 같았다. 탁구 치는 시간이 나도 운동을 하며 학생들을 교육할 수 있는 값진 시간이 되었다. "선생님, 저 할 수 있어요. 저번에도 6대 10으로 지다가 11대 10으로 이겨봤거든요."

한 번 역전해서 이겨본 학생은 다음에도 또 해낼 수 있다. 탁구를 통해 정신을 무장시키려는 내 의도대로, 학생들은 점점 멘탈이 강해지며 이기기 어려운 상대가 되어갔다. 그만큼 교육의 효과가 있단 말이라 보람이 느껴졌다.

수시 지원 대학, 진로 고민 등에 대해서도 자주 이야기 나눴다.
"선생님, 저 대학 안 갈 건데 원서는 써야 하나요?"
"네가 앞날을 정확히 예측할 수 있다고 생각하겠지만, 실제로는 예측과 다르게 흘러가는 경우가 많아. 그때 준비가 안 되어 있다면 선택지가 사라질 수도 있어. 예를 들어 지금 대학에 갈 생각이 없다고 원서를 쓰지 않았는데, 11월이 되어 대학에 가고 싶다는 마음이 들었다고 하자. 그때는 이미 늦어. 원서를 써놓고 합격해 있어야 그때 선택할 수 있는 거지, 준비가 없다면 1년을 더 기다려야 할지도 몰라."
명철이는 결국 사회복지학과에 원서를 썼고, 합격 후 마음을 바꿔 열심히 공부하기로 했다. 그리고 3년 뒤 구미 종합사회복지관에 취직했다.

"선생님 그때 탁구 치면서 선생님이 해주신 이야기가 많이 도움 되었어요. 요즘에도 학생들하고 탁구 치시나요? 한 번씩 그때가 그리워요."

진호는 함께 탁구를 치면서 탁구에 흥미를 느껴 수능 이후에 집 근처 탁구장에서 따로 레슨을 받았다. 경북대 상주캠퍼스 축산학과에서 미래 영농기술을 배우고 있는 진호의 탁구실력은 아마추어 6부 급이다. 상담을 받으며 시작한 탁구가 이제는 진호의 평생 운동이 되었다.

운동을 하다 보면 정신이 맑아지고 긍정적인 에너지가 발산되기 때문에 이때 하는 이야기가 딱딱한 의자에 앉아서 나누는 이야기보다 더 효과적이다. 운동에는 예절이 기본이기에 함께 운동하면서 학생들의 예절과 태도가 더 좋아지는 것은 당연하다. 게다가 교사 또한 더 건강해지고 교직생활이 더 행복해지는 보람도 느낄 수 있다.

볼링으로 멘탈 관리

초등학교 4학년 때, 친구 녀석이 일기장에 담배를 피웠던 경험을 그림까지 곁들여 쓴 적이 있었다. 바보 같은 녀석이 왜 그걸 일기에 써놨는지. 그 일기를 본 담임 선생님이 부모님께 전화를 하셨고, 그날 나는 다리몽둥이가 부러질 정도로 혼이 났다. 금욕주의적 성향이 강했던 기독교 신자 부모님은 담배를 피우는 것이 십계명을 어기는 큰 죄악으로 생각하시며 크게 혼내셨다. 결국 우리 아지트였던 보일러실도 그 일로 영구 폐쇄되고 말았다. 그때부터 나는 담배를 피우는 것을 마치 대역죄처럼 여기게 되었다. 어릴 적의 조기 시도의 실패가 이렇게나 큰 결과로 이어질 줄은 미처 몰랐다.

군대에 있을 때는 마음만 먹으면 담배를 피울 수 있었겠지만, 어릴 적 부모님께 받은 그 강렬한 각인이 쉽게 지워지지 않았다. 그래서인지 학생들이 흡연을 시도하는 모습을 볼 때마다, 나도 부모님처럼 확실히 각인시켜 주면 다시는 반복하지 않을 거라는 믿음이 생겼다. 그렇게 나는 금연 전도사로서의 첫걸음을 내딛었다. 하지만 학교 현장에서 깨달은 것은, 아이들을 꾸짖기만 해서는 원하는 변화를 이끌어 낼 수 없다는 점이었다. 당근과 채찍, 교육과 훈육이 균형을 이루어야 효과가 있었다.

"볼링과 금연이 무슨 관계가 있냐고요?", "아이들에게 열심히 볼링을 치게 할 겁니다. 담배를 들 힘조차 없어질 때까지 말이지요." 이 계획을 이야기하자 담임 선생님들은 웃음이 터져 나오며 '껄껄껄' 웃으셨다. 농담이라 생각하신 분도 있었지만, 놀랍게도 그들이 금연에 성공했다. 학교 내 흡연 검사를 통과했으니 적어도 학교 내 금연은 이뤄낸 셈이었다.

2018년, 교직 6년 차에 첫 3학년 부장을 맡았다. 학교 일도 바빴지만, 가정에서도 어려운 시기를 겪어야 했다. 당시 둘째 아이를 임신한 아내의 건강이 나빠져, 병원에서 "산모가 무리를 해 아이가 아래로 많이 내려왔습니다. 절대 안정을 위해 입원해야 합니다."라는 청천벽력 같은 진단을 받았다. 첫째 아이도 어린이집에서 감기와 수족구를 반복해 앓으면서 아내와 아들 모두 병원에 입원하는 상황이 되었다. 그렇게 한 달을 버틴 끝에 출산 예정일을 10일 앞두고 둘째가 조기 양막 파수로 일찍 태어났다. 양막 파수로 인해 감염이 의심되어, 둘째는 신생아 중환자실에 입원하게 되었다.

학교 일은 여전히 녹록지 않았다. 학생들은 입시 준비에 집중하지 않고,

교내 흡연 문제도 골칫거리로 신경 쓰이게 했다. 아이들을 혼내는 방식만으로는 문제를 해결할 수 없다는 생각이 들었다. 자칫하면 오히려 반항심만 키울 수 있기 때문이었다. 고민 끝에 새로운 접근법을 시도해 보기로 했다. 금연에 성공하면 간식을 주고, 한 달 동안 금연을 유지하면 볼링장에 데려가겠다는 약속을 했다.

처음에는 망설이던 아이들이 점차 금연에 도전하기 시작했다. 그리고 조금씩 버티며 자신들만의 금연 방법을 찾아갔다. 가장 놀란 것은 바로 그들 자신이었다. 그렇게 몇 주가 지나자, 금연에 성공한 아이들이 하나둘씩 늘어났다. 약속대로 아이들과 함께 볼링장에 갔고, 아이들은 승리의 기쁨을 만끽하며 마음껏 웃고 즐겼다.

볼링을 치는 동안 진주교대에 지원한 네 명의 학생이 모두 불합격했다는 연락을 받았다. 충격이었다. 전원이 탈락하리라고는 전혀 예상하지 못했다. 마음이 쓰라렸다. 그래도 환하게 웃는 저 아이들을 보니 어쩐지 대견하고도 아련했다. 여러 학생들을 지도하다 보면 이런 일은 있을 수밖에 없다.

'그래, 내 개인적인 일도 잘 풀리지 않고 입시에 대한 걱정도 많이 있지만, 이 아이들은 스스로와의 약속을 지켜냈구나. 내 걱정과 염려를 이 아이들에게 전가해선 안 되지.'

그렇게 생각하며 아이들과 함께 볼링을 쳤고, 결국 160점을 기록하며 1등을 했다.

두 번째로 볼링장을 찾았을 때, 딸이 경북대 병원에 긴급 입원해야 한다는 연락을 받았다. 열이 심하게 나서 병원에 가보니 염증 수치가 높아졌고, 혈관을 찾지 못해 발과 목에 링거를 꽂아야 한다는 이야기를 듣는데 마음이 무너졌다. '딸은 병원에서 힘겨운 시간을 보내고 있는데, 내가 여기에서 볼링치고 있는 게 맞는 걸까?' 혼란스러운 마음이 밀려왔다. 하지만, 농땡이를 부리던 아이들과 함께 볼링을 치면서 내 감정을 감추고, 지금에 집중하기로 마음을 다잡았다. 그날 최고점 170점을 기록했다. 아이들과 햄버거를 먹고 정신없이 병원으로 가는 길에 눈물이 멈추지 않았지만, 딸이 이겨낼 것이라는 확신이 있었다. 딸은 잘 이겨냈고, 지금은 초등학교 입학을 앞두고 있는 건강하고 밝은 우리 집 보물로 잘 커나가고 있다.

동료 선생님이 학생들에게 "지용기 선생님이 그때 볼링을 치러 갈 상황이 아니었지만 너희들과 한 약속을 지키러 가신 거야."라고 이야기했다. 진정성을 느껴서인지, 학생들은 그 후로 나와의 약속은 최대한 지키려고 노력했다.

그 당시 일과 가정을 동시에 책임지느라 힘들었지만, 지금 돌아보면 학교 일도 잘 마무리한 것이 참 다행스럽게 느껴진다. 딸은 내 학교 이야기를 들을 때마다 엄지를 올려주며 자랑스러워한다. 또, 뒤늦게나마 내가 가정의 어려움 속에서도 학생들과의 약속을 지키기 위해 볼링장을 찾았다는 이야기를 들은 아이들은 각자 자신의 길을 위해 더욱 열심히 노력했다. 진주교대에 불합격했던 학생은 다행히 다른 교대에 합격해 지금은 모두 초등학교 교사가 되어 있다. 역전의 연속이다. 만약 그때 내가 멘탈이 무너져 모든 행사를 취소했다면, 지금도 큰 아쉬움이 남았을 것이다.

버티기 힘든 순간에는 무너지지 않는 모습을 보여주는 것만으로도 성공이다. 교사는 어떤 상황에서도 무너지지 않아야 한다. 학생들은 나를 지켜보고 있으며, 때로는 내가 그들에게 마지막으로 의지할 존재가 될 수 있기 때문이다.

족구하는 오빠들

군대에서 축구가 중요하다는 것은 누구나 알지만, 족구는 축구장이 없어도 할 수 있는 역시나 인기 있는 운동이었다. 내가 있던 부대에서는 상시 족구 리그와 대회가 열릴 만큼 인기였고, 족구 실력에 따라 스타가 되기도 했다. 나 역시 근력 운동 위주로 운동해왔던 터라 발재간, 테크닉이 중요한 족구는 힘든 과제였다.

5분 대기조 대기 시간에 족구를 자주 했다. 대기조는 5분 안에 출동해 초동 조치를 취하는 임무를 각 소대가 돌아가며 일주일씩 맡았다. 비록 전투복을 입고 소총을 휴대한 채 대기해야 하는 불편함이 있었지만, 소대원들과 함께 족구를 즐기면서 피로를 풀 수 있었다. 강원도 화천과 철원에서 GOP 생활을 하면서부터는 족구는 체력과 단결력을 다지는 중요한 운동이 되었다. 물론 재미도 있었다.

군대 족구하면 떠오르는 사람이 있다. 경희대 태권도학과 출신의 정진택 소대장님이다. 그분은 족구를 할 때 상대 진영에 내리꽂는 헤딩 대신 수직으로 높게 올리는 헤딩을 해서 '꼴두기'라는 별명을 얻었지만, 끊임없이 연습해 대대 대표로 나갈 정도의 실력을 쌓았다. 나 역시 소대원들 앞에서 다른 소대장들과 비교당하는 압박 속에 혼자 공을 벽에 치며 연습했다. 대학 시절부터 족구를 해온 동기에게 밥을 사주며 레슨을 받고, 하루 50번씩 서브 연습을 하며 실력을 키웠다. 즐기려면 할 수 있다는 마음가짐과 작은 노력이 필요한 것이다. 부족함을 채우기 위한 노력이 더해지면 군 생활의 시간을 온전히 즐길 수 있다. 노력을 들여 실력을 끌어올리니 족구는 부담스러운 시간이 아닌 즐거운 시간이 되었다.

교직에 와서 학생들과 족구를 하며 친해지기도 하고, 금연에 성공한 학생들을 격려하기 위한 보상으로 즐거운 시간을 보냈다. 점차 직업군인을 희망하는 학생들이 족구 모임에 몰려들었고, 잘하는 학생들이 모여서 경기의 질이 갈수록 높아졌다. 2019년에는 '족구하는 오빠들'이라는 족구 동호회를 만들어 방과 후나 저녁 시간에 학생들과 선생님이 함께 운동하며 소통했다. 한 달에 두세 번 방과후 시간에 족구를 하며 학생들과 추억을 쌓고, 군 생활 이야기도 나눴다. 문제를 많이 일으키던 선배들이 족구에 참여하면서 후배들도 모임에 들어오고 싶어 했고, 매년 지원자가 늘어났다. 부사관을 준비하는 학생들에게는 특히 인기가 많았다.

"부사관 시험은 너희들이 열심히 공부해. 샘은 너희들과 족구를 많이 하면서 좋은 간부가 될 수 있게 도와줄게."

꿈을 더 구체적으로 그려본 덕분인지, 족구 동호회 소속 학생 9명 중 3명이 그해 부사관 시험에 합격했다.

"군대에 가보니 선생님 말씀이 맞았어요. 족구가 정말 도움이 되어요."

족구를 통해 진로 지도까지 할 수 있다는 사실을 깨달았다. 학교에서 학생들과 함께하는 모든 활동이 소중하며, 그것이 학생들의 성장에 작은 보탬이라도 된다면 그 순간은 더할 나위 없이 값지다. 물론 족구는 게다가 충분히 재미도 있다.

"족구하는 형아들이나 족구하는 남자들이 아니라, 왜 '족구하는 오빠들'이라는 이름을 붙인 건가요?", "처음 동아리를 만들 때 같이 했던 학생이 선도위원회 회부도 많이 되었던 학생인데, 여동생은 끔찍이 아끼고 여동생 이야기만 하면 실실 웃더라고요. 그래서 오빠라고 지었어요.", "족구하는 오빠들 모여라." 하고 방송하면 조금 쑥스러워 하면서도 좋아하는 것 같았다. 그렇게 족구 활동은 단순한 운동을 넘어, 학생들에게 에너지를 건강하게 발산하고 책임감을 키우며 긍정적인 변화를 이끌어내는 시간이 되었다.

100km의 뜨거운 여정, 문제아에서 지역의 주인공으로 거듭나다

2019년 봄과 여름, 만 35세의 나이에 나는 갑작스럽게 아드레날린이 솟구치는 경험을 했다. 당시 근무하던 학교 근처 여러 학교에서 다양한 문제들이 터져 나왔고, 수업에 들어간 선생님들이 울면서 나오는 일이 일상이었다. 학생들은 교사의 말에 반감을 품고 반항하기도 했고, 때로는 교사와 학생 사이에 심한 언쟁이 벌어지기도 했다. 주로 문제를 일으키는 학생들은 정해져 있었다. 그렇다고 이들을 요주의 인물로 분류해 경계하거나 피하고, "원래 그런 애들이야."라고 낙인찍고 내버려 두는 것은 나의 성격에도, 교육적으로도 맞지 않았다.

그래서 생각한 것이 이 아이들에게 지역에 대한 주인의식을 심어주자는 것이었다. 주인은 적어도 자신의 행동에 책임을 지고 주인다운 행동을 할 것이다. 그러한 주인의식은 그 지역에 대한 애정에서 나오고, 애정은 그 지역을 많이 경험해야 생긴다. 많이 가보고, 주변에서 시간을 보내는 사람들만이 결국 그 지역을 사랑하게 된다는 것이 내 지론이었다. 한 번이라도 학폭을 일으켰거나 선도위원회에 회부된 경험이 있는 학생들을 모아보니 약 15명이 되었다. 여학생도 두 명 있었는데, 사유는 흡연이었다. 문제를 일으킨 학생들만 모아서 활동을 하면 낙인 효과가 있을 것 같아, 학업성적이 우수하거나 학교생활이 모범적인 학생들도 함께 포함해 총 23명의 팀을 꾸렸다.

대학생 때 가장 아쉬운 것이 박카스에서 주최하는 국토대장정에 참여 못한 것이었다. 늘 마음 한편에 품고 있었는데 구미시 100km 걷기를 통해 달랠 수 있었다. 학생들도 100km라는 거리에 압도되었고, 그간 에너지가 넘쳐 말썽을 피우던 학생들도 조금 걱정이 되는지 계속 이런저런 질문을 해왔다. 그것도 한여름의 무더운 날씨였다. 100km라는 거리는 거의 생존을 염려해야 할 정도로 힘든 도전이었다. 물론 한꺼번에 100km를 다 걷는 것은 아니었다. 하지만 하루에 15km, 20km, 30km 등 만만치 않은 구간들을 걸어야 했다.

그 중에는 학교폭력 피해 학생과 가해 학생도 함께 참여하게 되었다. 피해 학생은 이미 트라우마를 극복한 상태였고, 모범생 자격으로 이 활동에 참여했다. 둘은 원래 상당히 친한 사이였으나, 피해 학생이 가정환경과 학업의 어려움으로 놀던 무리에서 벗어나려 하자 가해가 이루어진 것이었다. 함께 길을 걸으면서 학생들은 자연스럽게 이야기를 나누기 시작했다. 힘든 순간에는 더욱 진솔한 이야기들이 나왔다. 속에 담아두었던 이야기들을 꺼내면서 아이들은 서로 더 가까워졌고, 학교폭력의 가해자와 피해자도 관계를 회복해갔다. 아이들은 구미의 자연과 역사에 대해서도 감탄을 이어나갔다. 구미에 이처럼 다양한 명소들이 있다는 사실에 놀라워했다. 마침내 100km를 완주했을 때, 학생들은 골인 지점에서 쓰러지며 눈물을 흘렸다. 스페인의 순례자의 길을 걷는 사람들의 모습을 TV에서 본 적이 있는데 순례자의 길을 완주하고 우는 모습과 학생들의 모습이 오버랩되었다. 아이들은 정말 대단했다. 그들은 자신의 활약상을 영상으로 남기고, 구미시 발전 제안서도 작성했다. 그렇게 아이들은 지역에 대한 사랑을 키워갔고, 스스로를 지역의 주인공으로 여기기 시작했다.

참여한 학생들은 더 이상 학폭이나 선도위원회에 회부될 행동을 하지 않았다. 오히려 누구보다도 모범적으로 학교생활을 마무리했다. 그중 모범적으로 생활한 학생 2명은 졸업식에서 표창도 받았다. 아이들과 함께 뜨거운 햇볕 아래를 걷고, 밤하늘 아래 산자락을 걸었던 경험은 마치 군대에서의 행군 이후로 처음이었다. 이 경험은 평생 잊지 못할 것이다. 지금도 졸업생들이 연락을 해오면 그때의 이야기를 한다. "선생님 100km 걷기 할 때 제게 얼음물 한 병 주셨잖아요. 저 그때 너무 감사해서 울 뻔했어요." 학교에서는 더 비싼 햄버거와 콜라를 사줘도 당연한 듯 먹는 학생들이 있는데 얼음물 한 병으로 이렇게 고마워하다니 역시 교육 중에 가장 좋은 교육은 결핍의 교육이다. 그래서 아이들을 계속 무언가가 결핍된 상황에 놓아야 한다. 힘든 상황을 극복하며 아이들에게는 스스로를 이길 힘이 생기고 또 감사하는 마음이 생긴다.

체력단련반(도전성취프로젝트)

"선생님, 저희 체력단련반 방과후 신청했는데 선생님이 가르쳐주신다면서요?", "저희 학교에서 다른 수업은 다 재미없어서 엎드려 자는데 방과후때문에 남아서 저녁도 먹고 야자도 해요."

고등학교 3학년 담임을 맡으면서 좋은 점 중 하나는 2학기 들어 시간이조금 여유롭다는 것이다. 학생들이 방과후 수업보다는 자율 학습을 선호해 나도 잠시 여유를 가질 수 있었다. 그때 2학년 부에서 체력단련반 수업요청이 들어왔다. 대학 시절부터 헬스를 해왔고, 군대에서 병사들을 특급전사로 만들기 위해 체력 교육을 한 경험도 있어 도전해보기로 했다. 수업으로 진행하려니 체계적인 계획이 필요할 것 같아 고민 끝에 '도전성취 프로젝트'를 병행하자고 제안했다. 학생들이 '허리둘레', '턱걸이 개수', '푸시업 개수' 같은 목표를 설정하고, 목표를 달성하면 멘토로서 다른 학생을가르치는 프로젝트였다.

체력단련반 첫날, 남학생들로 구성된 이들은 상의를 탈의하고 목표 달성을 위한 첫 사진을 찍었다. 이후 월간 계획과 주간 계획을 세우고, 방과후 시간을 활용해 구체적인 운동 계획을 수립했다. 학교생활기록부에 기재해 줄 수 있도록 자율활동과 연계해 프로젝트로 진행할 수 있게 했다. 운동 목표 외에도 정신 건강을 위해 독서를 포함시키는 학생도 있었다. 드디어 방과후수업이 끝나는 12월 초, 각자 자신의 성취 여부를 발표하는 시간을 가졌다. 12명의 학생 중 11명이 목표를 달성했고, 나머지 한 명도 중간에 두 번 빠지지 않았다면 성취할 수 있을 정도였다. 나도 학생들과 함께 운동하면서 37인치까지 가던 허리둘레를 33인치로 줄였고, 5km를 25

분 안에 주파할 수 있는 체력을 기르게 되었다. 학생들을 가르치는 일이었지만, 나 역시 함께 성장하고 있음을 느꼈다.

체력단련반에 참여한 승빈이는 새어머니와 함께 살면서 자신감이 부족한 상태였다. 나는 승빈이에게 근육을 키우는 운동을 권했다. 승빈이는 운동을 하며 자신의 변화를 영상과 소감문으로 기록하며 자신을 돌아보기 시작했고, 점차 다른 친구들에게도 도움을 주고 싶어 하는 모습을 보였다. 몸의 변화를 경험하니 다른 일상에서도 자신감이 생겼다. 승빈이의 변화는 내게도 큰 영감을 주었다. 당시 근무했던 고등학교는 맞벌이 가정이 많았고, 야간 근무로 아이들을 충분히 돌보지 못하는 가정도 많았다. 이런 환경 속에서 학생들은 자존감이 낮아지며 불만이 쌓였고, 누군가 잘하려고 하면 그를 곱지 않게 보는 경우도 많았다. "너희 몸을 소중히 여겨야 해. 담배를 피우고 술을 마시는 게 큰 잘못이라고 생각하지 않지만, 너희는 지금 스스로를 병들게 하고 있는 거야. 너희 하나하나가 모두 소중해. 우리 함께 몸과 마음을 잘 만들어가자."

현수는 교사들에게 자주 불만을 신고하던 학생이었다. 조금이라도 불이익이 있으면 바로 신고할 정도로 예민해 교사들 입장에서는 부담스러웠다. 마침 듣고 있던 선택 과목의 의미가 사라지면서 현수는 체력단련반에 들어오고 싶다고 했다.

"지 선생님, 현수만 잘 맡아주시면 저희가 정말 편할 것 같습니다. 방과 후도 안 하고 야자도 문제고, 학교가 강제로 야자시킨다고 불만을 말하고… 참 현수 때문에 힘들어 죽겠어요."

연배가 있으신 선생님이 참다못해 내게 하소연하셨다. 방과후 시간에 현수에게 멘토를 붙여 운동을 가르쳐주게 했다. 3주 동안 현수의 자세를 잡아주며 꾸준히 옆에서 함께 운동하고, 2주에 한 번은 학교 뒷산 야간 산행과 학교 주변 길 러닝을 하며 가까워졌다.

"선생님, 다음에도 데려가 주세요. 왜 산에는 안 가세요?"라고 묻는데 순수함이 느껴졌다.

러닝 후에 같이 단백질 보충 과자와 이온음료를 먹는데 현수가 속이야기를 꺼냈다.

"선생님, 학교가 저를 미워하는 줄 알았는데 생각이 바뀌었어요. 집에서 엄마, 아빠가 '학교에서 그렇게 하면 안 된다'고 할 때마다 신고했어요. 죄송해요, 선생님."

현수가 변하는 모습을 보이면서, 소위 문제아라 불리던 다른 학생들도 내게 불려오기 시작했다. 이때 맡은 학생들이 2학년 때 선도위원회에 27건, 학폭 18건이 있었는데, 체력단련반에서 친해진 후 내가 3학년 부장을 맡은 다음 해에는 선도위원회 건수가 0건, 학폭 건수는 3건으로 줄었다. 정말로 인성이 좋아진 것인지, 아니면 체력단련을 피하기 위해 학교에서는 얌전해진 것인지 알 수 없지만, 중요한 것은 학생들이 정신적으로도 육체적으로도 건강해졌다는 사실이다. 건강하게 성장한 학생들 중 여러 명이 졸업 후에 멋진 모습으로 찾아왔다. 그중 두 명은 피트니스 강사로 활동 중이라 했다.

이런 보람이 있기에 나는 영어 교사이지만 체육 선생님들과 함께 열심히 운동하며 학생들에게 운동을 가르친다.

3.

관계지향 인성교육: 느그 아부지 뭐하시노

'느그 아부지 뭐하시노?'라는 질문은 단순히 상대방의 가정 배경을 묻는 것을 넘어, 우리 사회에서 아버지가 차지하는 위치와 역할을 상징적으로 드러내게 하는 말이다. 이 질문에 쉽게 대답하는 학생들은 거의 없다. 아무리 거침없는 행동을 하는 학생일지라도, 아버지에 대한 이야기가 나오면 신중해지기 마련이다.

아버지가 계시지 않는 아이들은 열의 아홉은 거의 눈물을 보인다. 어머니와 또는 조부모님과 살아가는 상황이 녹록지 않기 때문이다. 아버지와 사이가 좋지 않은 아이들도 눈물을 보인다. 마음속 깊이는 아버지에 대한 그리움과 사랑이 존재하기 때문이다. 아버지로부터 가정폭력을 당한 아이들도 아버지를 생각하며 눈물을 흘리기도 한다. 자신을 때리기 전에는, 또는 때리지 않을 때 아버지는 너무나 좋은 분이라고 이야기하면서 말이다. 아버지는 이처럼 그저 한 개인이 아니라 가족의 대표자이자 상징적인 존재로 자리하고 있다.

영화 친구에서 "느그 아부지 뭐하시노?"라는 대사는 이후 패러디들로 유명해졌지만, 질문 속에는 단순한 농담 이상의 깊은 의미가 담겨 있다. 아버지는 사회 속에서 자녀를 키우는 과정에서 중요한 역할을 맡고 있으며, 아이는 자신의 아버지와 연결된 정체성을 부정할 수 없다. 내 경험을 떠올려 보면, 어렸을 때 장난을 치다가 다른 친구를 때린 날이면 어김없이, 아버지에게 전화가 오곤 했다. "형님 아들이 우리 아들을 이렇게 만들었습니다."라는 전화 한 통이면 그날 밤 잠은 다 잔 것이나 다름없었다. 아버지의 꾸지람과 매는 그 당시 가장 무서운 것이었고, 저녁식사 시간 이후에 전화벨 소리가 울릴 때마다 두려움에 떨었다.

'아부지 뭐하시노?'라는 질문을 통해 관계가 만들어지기도 한다. 아버지의 고향, 직업, 출신고교, 지인까지 이야기하다 보면 연결되는 지점이 생긴다. 학생들은 자신과 자신의 뿌리를 잘 모르는 사람들 앞에서와 자신을 아는 사람들 앞에서 행동의 차이를 보인다. 자신의 행동이 자신의 이름에만 누가 되는 것이 아니라 자신과 관계된 다른 사람들에게까지 영향을 준다는 생각을 하면서 스스로의 행동을 더욱 조심하게 된다.

당황하게 만드는 효과도 있다. '차렷'이라는 말보다 '아부지 머하시노?'라는 말을 들었을 때 학생들은 더욱 멈칫하게 된다. 멈칫할 때 아이들에게 교육을 하고 때론 훈계를 하기가 좋다. 많은 학생들이 훈육하려는 교사의 말에 주의 집중을 하지 않으려 하기에 학생이 부동자세가 되어 교사의 말을 듣게 되는 시점을 만드는 것은 중요하다. 아부지에 대해서 묻는 질문은 이러한 효과가 있다.

정재찬 교수는 그의 저서에서 아버지의 역할을 단순히 가족의 생계를 책임지는 것을 넘어, 자녀에게 정신적 지주로서 중요한 역할을 한다고 설명한다. 아버지는 자녀에게 중요한 삶의 교훈을 주고, 그들의 행동과 삶에 큰 영향을 미치는 존재다. 아버지라는 존재는 단순히 가정의 한 구성원이 아니라, 우리 인생에서 지속적으로 영향을 미치고, 우리가 배우고 반성하며 성장하게 만드는 중요한 존재다. 그렇기 때문에 아버지에 대해 묻고 그로부터 배우며 지도하는 것은 학생들이 바른 길을 가도록 돕는 데 필요하다.

4.

잃을 것을 만들어주는 인성교육

대학원 수업이었다. 질문 공탁 시간이었고, 각자가 받은 질문에 대해 함께 논의하는 시간을 가졌다. 경남에서 온 한 선생님이 이야기를 꺼냈다. "반에 들어가면 제가 무시당하고 당하는 기분이 들어요." 중학생의 경우 처벌 강도가 약하여 선생님의 지시를 따르지 않는 경우가 빈번하다고 했다. 한 번은 수업시간에 교실에 늦게 오는 학생들에게 빨리 자리에 앉으라고 하자, 오히려 "아 지금 앉고 있는 거 안 보이세요?"라고 하며 도리어 교사에게 화를 냈다고 했다. "저는 복도에서 농구공을 튀기던 학생에게 운동할 때 외에는 위험하니 공을 집어넣으라고 하니, 공을 위협적으로 튀기면서 다가오면서 소리를 지르더라구요."

경험해본 바 아이와의 제대로 된 관계 정립이 안 된 경우 학부모님께 지나치게 의존하는 것은 중요한 카드를 적절하지 않은 타이밍에 쓰는 격이 될 수 있다. 부모님은 어떤 방식으로든 절대적으로 자녀편이 될 수밖에 없다. 처음에는 선생님을 지지하는 듯 보여도 자녀가 불이익을 받게 될 상황에서나, 자녀에 대한 질책이 계속 이어지는 경우 대부분 자녀를 변호하는 쪽으로 방향이 바뀐다. 학생이 선생님을 존중하지 않는 관계에서 학부모님이 선생님께 자신의 자녀를 처벌해달라고 하는 경우는 거의 보지 못했다.

"지난 발표에서 특별한 인상을 남겨주신 지용기 선생님의 의견을 듣고 싶습니다." 선생님들의 시선이 일제히 나를 향했다. 부담되는 상황이었다.

"선생님들, 우리가 지도하기에 가장 힘든 학생은 어떤 아이일까요?"

"저는 잃을 것이 없는 학생이 가장 힘든 아이라고 생각합니다. 저라면 학생에게 잃을 것을 만들어주려고 할 것 같습니다. 아마 잃지 않기 위해서 자신의 행동을 조금 조심할 수 있을 것입니다." 선생님들은 의외의 말에 동의하는 듯하면서도 어떻게 가능한지 궁금해하셨다.

어떻게 잃을 것을 만들어 줄 것인가?

학생이 대학을 가야하거나 자신이 최소한 고등학교 졸업장이 필요한 경우를 생각해보자. 선생님께 대들다가도 대학 진학에 있어서 선생님의 기록이 불이익을 줄 수 있다거나 처벌이 누적되어 자퇴를 해야 한다는 것을 알게 되면 행동을 반성하고 고치려고 한다. 알아서 조심하게 된다. 그런데 "저 대학 안 갈 건데요, 저 자퇴해도 상관없어요."라고 하는 학생들도 종종 있다. 잃을게 많이 없는 학생이다.

2016년 담임을 맡은 학생 중 청소년 보호관찰을 받는 학생이 있었다. 병준이는 폭행, 사기, 절도 등 다양한 잘못을 저질렀다. 그의 범죄 기록을 보면 소년원에 가지 않은 것이 오히려 다행이라는 생각이 들 정도였다. 이런 학생이 반에 있으니, 병준이를 지도하는 방식이 다른 학생들과 달라질까 우려되었다. 반 전체를 지도하며 예외를 두기 시작하면 학급 전체의 규율과 조직이 흔들릴 수 있다는 걱정이 컸다. 병준이를 포함한 모든 학생에게 동일한 규칙이 적용되어야 했다. 반 학생들의 지각을 방지하기 위해 벌금 제도를 도입했다. 학급회의를 통해 학생들이 동의한 제도였기에, 지각을 하면 별다른 항의 없이 벌금을 내는 분위기가 형성되었다. 병준이도 지각했다. 그러나 그는 자신의 행동을 반성하기보다는 자신을 제시간에 데려다주지 못한 버스기사님을 원망했다. 공개적으로 병준이에게 지각비를 내라고 했다가 거부라도 한다면, 벌금 제도 자체가 무력해질 위험이 있었다. 따로 병준이를 불렀다. 그리고 설득을 했다. 먼저 병준이가 지각한 것을 인정하게 하고 지각이 왜 나쁜지에 대해서도 동의하게 만들었다. "병준이가 나중에 취직한다고 생각해보자. 회사에서 제일 싫어하는 것이 무엇일까? 샘이 생각하기엔 지각하고 아프다고 일찍 가면서 월급은 꼬박꼬박 받아가는 사람일 것 같아. 지금 지각을 하다 보면 자칫 습관이 되어버리고 그렇게 되면 병준의 인생에도 큰 문제요소가 될 것 같구나. 동의하니?" 유심히 듣더니 동의를 했다. 그리고는, 왜 이런 규칙을 도입했는지, 이후에 벌금이 어떻게 사용될 것인지에 대해 충분히 설명했다. 그리고 병준이도 첫 지각비를 냈다. 이후에도 병준이는 두 번 더 지각을 했다. 역시 공개적인 자리에서 바로 거두지 않고 다른 일로 병준이를 불렀을 때 다른 이야기를 마치고 지각비에 대해 설명하고 이를 받아냈다. 세 번 지각비를 낸 병준이는 이제 지각비 제도를 당연하게 받아들였다. 이후에 혹시 지각비를 안 낼 거라면서 버틴다면 그동안 스스로의 노력들이 물거품이 될 것을 알기 때문이다. 병준이에게 잃고 싶지 않은 것이 생긴 것이다.

"병준이가 지각비를 냈다고요?" 지난해 병준이를 가르쳤던 선생님들은 그가 규칙을 따르고 있다는 이야기에 놀란 기색을 보였다. 작은 변화가 시작되자, 학교생활 전반에도 긍정적인 영향이 나타나기 시작했다. 이제 병준이는 축구 시합에서도 반칙을 하지 않았고, 경기가 끝난 후에는 다른 학생들과 신사적으로 인사를 나누는 모습까지 보였다.

병준이는 학급의 중요한 구성원이 되었다. 자신이 지키고 있는 규칙과 그 과정들이 얼마나 중요한지 깨달았고, 그것들을 스스로 무너뜨리지 않으려고 노력하는 모습을 보여주었다. 그의 변화는 단지 행동의 변화가 아니라, 내면의 성장이기도 했다. 여름방학식 날 드디어 지각비에 체육대회 상금까지 모아 고기 뷔페에 갔다. 자신이 노력한 대가로 고기를 맛있게 먹었고, 이후 더 충실한 반의 구성원이 되었다. 병준이는 어느 순간 아침마다 일찍 와서 다른 친구들이 지각하는지 살피는 일을 맡고 있다. 그리고 그동안 자신이 쌓아온 결심과 노력에 대한 인정을 잃지 않기 위해 더 열심히 생활하게 되었다. 발표를 들은 선생님들이 박수를 쳐 주셨다. 수업이 끝나고도 많은 분들이 와서 자신들의 사례를 이야기하시면서 자신들도 이런 방법을 적용해 보겠다고 말씀해 주셨다.

잃을 것이 없는 아이는 무서울 것이 없다. 학교폭력을 저질러도, 선도위원회에 불려가도 반성하지 않는다. 이러한 아이들에게 잃을 것을 만들어 주자. 아이들에게 잃을 것이 있을 때, 아이들은 비로소 규칙의 중요성을 깨닫고 책임감을 가지고 스스로 변화하려고 노력하게 된다.

5.

완장을 채워주며 발견한 변화의 시작

민규는 학생들 사이에서 리더십도 있고 운동도 잘하며, 공부도 꽤 잘하는 편이다. 집안도 좋고 부족한 점이 거의 없는 학생이다. 그러나 문제는 민규가 선생님의 말을 들을 때마다 꼭 이유를 덧붙인다는 것이다. 흔히 말해, '한 싸가지 하는 학생'이라는 평가를 받을 때가 있다.

학생들에게는 야간자율학습 참여 여부가 중요한 문제였다. 같은 반 친구들 역시 야간자율학습에 남아 공부하기는 싫었지만, 민규의 의견에 영향을 받기 시작했다. 민규를 나쁘다고 할 수는 없지만, 그의 태도는 학급 전체를 이끌어가는 데 어려움을 주었다. 민규는 또래 집단에서 목소리를 내며, 다른 학생들이 그냥 지나칠 수 있는 문제를 다시 생각하게 만들곤 했다. 이로 인해 친구들 사이에서는 인기가 있을 수 있지만, 교사의 입장에서는 학급 경영 철학을 흔들고 교사 지시의 권위를 약화시키는 경우가 종종 발생했다.

민규가 학교 규칙을 어기거나 교사의 지시를 대놓고 어긴 적은 없었다. 그렇기 때문에 그를 혼내거나 공식적으로 문제 삼기는 어려웠다. 하지만 문제를 방치한다면, 아무 말 없이 야간자율학습에 참여하던 학생들까지 모두 빠져나가게 될 가능성이 있었다. 이는 방과 후 학교나 학교 주도의 교육활동 전반에도 부정적인 영향을 끼칠 수 있었다.

담임 입장에서 보면, 민규의 행동은 교사가 한 번 전달한 내용을 번복하게 만들고, 학생들을 이끄는 과정 자체를 부담스럽게 느끼게 했다. 민규가 의도적으로 문제를 일으키는 것은 아니더라도, 그의 태도와 영향력이 학급 운영에 부정적인 영향을 끼치고 있었다. 이를 어떻게 해결할지 고민이 깊어졌다.

반드시 내가 한 말은 내가 끝맺음을 하여야 한다. 그렇지 않으면 그 다음부터 나의 영(令)이 서지 않기 때문이다. 다시 말해 다음부터는 내 말이 먹히지 않게 된다.

나는 우선 민규의 리더십을 칭찬해주기로 했다. 민규 덕분에 우리 반이 잘 이끌어지는 것도 있다. 체육대회 티셔츠 맞추는 것 등에서도 민규가 없었으면 시간이 너무 오래 걸릴 수 있는 부분도 있다. 그리고 민규가 아무 직책 없이 학생들 사이에서 인기만 가지고 학생들을 이끄는 것을 다시 생각해보았다. 그렇다고 이미 뽑은 반장을 다시 뽑을 수 있는 것도 아니었다. 그래서 민규가 공부도 잘하고 학교 전반적인 일들에 관심이 많으니 학습부장직을 만들어서 직책을 줬다. "민규야, 우리 반 학생들이 공부 잘할 수 있게 네가 도움을 좀 줘." 민규의 입장에서는 자신이 학교생활기록부에 기재되는 사항이 생기니 좋아했다. 학급회의 시간에 발언권도 부여하니 책임감도 느끼는 듯 보였다.

"네 선생님 제가 열심히 해보겠습니다.", "그래, 학습부장은 선생님이 인문계고등학교의 특성을 고려하여 특별히 추가로 만든 직책이야. 선생님하고 자주 이야기 나누며 친구들이 더 열심히 공부할 수 있도록 분위기를 만들어주자." 학생들 사이에서 인지도가 높은 것은 인정해주되 나의 시야에 학생을 둔다는 것이 핵심이다. 완장을 채워주니 민규의 말이 학생들한테 여과 없이 나가지 않았다. 사소한 이야기라도 들어주려고 하자 오히려 이야기 안 해도 될 것 같은 이야기까지 내게 먼저 묻는다. "우리 반 분위기를 더 공부하는 분위기로 만들기 위해서 토요일도 학교 나와서 자습을 하면 어떨까?" 민규는 이제 내가 하고 싶은 말을 대신 해주기도 했다. 오히려 내가 하는 것 보다 영향력 있는 친구인 민규가 이야기하자 아이들이 더 잘 받아들이는 것 같았다. 민규와는 이제 신뢰관계가 형성된 것 같다.

지훈이는 평소 수업이나 전반적인 학교생활 중에 재미있어하는 분야가 별로 없었다. 대부분 무기력하게 생활하고 있는 학생이라 무언가 변화가 필요했다. 수업을 오가면서 유심히 보는데 유일하게 식물에 대해선 관심을 보였다. 학급운영비로 화분을 구입해 교실에 두고 지훈이에게 환경부장직을 맡겨 화분관리를 맡아줄 것을 이야기했다. 자신이 좋아하는 일을 하는데다 선생님으로부터 인정까지 받은 지훈이는 적극적으로 변하였다. 쉬는 시간에도 식물을 보며 필요한 것을 메모하고, 학급 친구들에게 화분마다 어떻게 관리해야 하는지 방법들을 알려주기도 했다. 수업시간에도 적극적으로 바뀐 모습을 보고 수업을 들어오시는 다른 선생님들이 놀라서 내게 묻기도 하셨다. "선생님 지훈이 요즘 무슨 일 있어요?" 자신의 역할을 알아주고 인정해주는 사람이 생기자 지훈이는 완전히 다른 사람이 되었다. 내신 등급은 7등급으로 낮았지만 학생부종합전형을 준비하며 생명과학2, 화학2를 열심히 공부했고, 결국 안동대학교 식물의학과에 높은 성적으로 합격해서 장학금 혜택도 받게 되었다.

자신이 좋아하는 것을 찾아주고 그 것과 관련해서 적절한 역할을 주고 인정해준다면 아이의 행동변화를 가져올 수 있다.

"선비는 자기를 알아주는 사람을 위해 목숨을 바친다."는 말이 있다. 학생들이 선생님의 말을 따르지 않는 상황에서, 권위만 앞세워 단순히 명령을 내리는 것만으로는 이들의 마음을 얻기 어렵다. 학생들과 바른 관계를 형성하기를 원한다면 적절한 역할을 정해주고 거기에 맞는 완장을 채워주면 된다. 그리고 교사와 학생이 공동목표를 추구한다면 이 학생은 자신의 책임을 다하기 위해서, 그리고 자신이 감당하고 있는 책임에 부끄럽지 않으려고 최선을 다할 것이다.

6.

안전을 위한 단호함: 교사 철학의 실천

안전은 무엇보다 중요한 가치다. 학년 부장을 할 때 학교에서 학생들의 안전을 가장 우선시하며, 이를 위해 엄격한 기준을 세웠다. 안전을 위해서는 필요한 경우에는 체벌도 감수해야 한다고도 생각했다.

수업 종이 치기 전에 조금 일찍 나왔는데 한 학생이 4층 창문틀에 올라가는 위험한 장난을 쳤다. 주변에 많은 친구들이 있었는데 친구들은 그 학생을 말리기는커녕 같이 장난을 치고 있었다. 안 그래도 자살 고위험군 학생들도 있어 예민하던 시기인데 그 장면을 보는 순간 '이렇게 놔두면 큰일 날 수 있겠구나.' 하는 생각이 들었다. '혹시나 잘못되면 어떻게 될까?' 겁도 났다. 먼저 부모님께 전화를 드려 자초지종을 이야기하고 엄히 벌을 줘서라도 다시는 비슷한 일이 재발하지 않도록 해달라는 요청을 얻었다. 그때는 '내가 부모님한테 한소리를 듣더라도 아이들의 안전사고를 막을 수만 있다면 그렇게 하는 것이 맞다.'라는 당당함이 있었다. 이를 지켜보던 학생들이 반쯤 얼어서 혼나는 모습을 지켜봤다. 그 뒤로 위험한 상황에 대한 생활지도는 따로 하지 않아도 되었다. 만일 그때 미온적으로 대처했더라면 혹시 모를 안전사고는 물론 나는 말로만 하는 만만한 교사가 되었을 지도 모른다. 내가 중요하다고 생각하는 철학이 무언지, 그리고 그 부분을 다른 사람들도 알 수 있게 한다면 학생 생활지도에 더욱 큰 도움이 될 것이라는 생각을 한다. 물론 그 뒤로 나에 대한 소문이 하나 늘었다. 와전에 와전을 거듭해 내가 아이를 창문에 매달려 놨다는 이야기도 있었다. 소문이 있긴 했지만, 이후로 단 한 건의 안전사고도 발생하지 않았으니 그런 이야기는 웃어넘길 수 있는 정도였다. 이를 계기로 '내가 생각하는 가치를 학생들에게 확실히 전하자.'는 다짐이 더욱 굳어졌다.

비가 올 때마다 자살시도를 하는 여학생이 있었다. 이 학생은 날이 어둑어둑 해질 때면 왼 손목에 피가 철철 날 때까지 칼을 댔다. 학년부장으로서 학년 복도의 불을 모두 켜두라고 했다. 사전에 반 학생들에게 시도를 하려고 하면 가장 가까이 있는 선생님께 바로 도움을 요청하고 내게도 알려달라고 했다. 교실에서 손목을 긋는 자살시도를 수차례 했는데도 이 학생에 대해 학년부장으로서 내릴 수 있는 결정이 그렇게 많지는 않았다. 위급한 상황임에도 부모님이 동의해 주지 않으면 정신병원 조차에도 보낼 수가 없었다. 답답함이 자살 시도 학생 대책위원회에서 협의를 할 때 교장선생님, 정신과의사, 상담 센터 직원 등 여러분들이 모인 자리에서 울분으로 터져 나왔다. "학생이 지금 자살시도를 하고 한 생명을 잃을 수도 있는데 왜 우리가 이렇게 회의만 하고 어떤 조치도 하기 힘든겁니까. 대학병원에 보내서 집중 치료라도 받게 해야합니다.", "그리고 같은 반에 있는 학생들의 상태도 심각합니다. 같이 심리 검사를 받게해서 필요하면 치료도 받게 해주세요." 규정을 운운하는 자리에서 나도 모르게 목소리를 크게 냈다. 얼마나 강하게 이야기 했던지 밖에 계신 선생님들이 안에서 싸우는 줄 알았다고 걱정을 했다고 한다. 처음에는 흐지부지 끝날 것 같던 대책 마련이 조금씩 돌파구가 열리면서 방법들이 생겨났다. 대구가톨릭대학교에 학교생활을 하면서 치료를 받을 수 있는 시설이 있다고 안내받고 학생의 아버지를 설득해서 시설로 보냈다. 한 번씩 학교에 오면 다른 친구들과 함께 학교주변 플로깅 활동에 동참시켰다. 아이들 아픈 것, 끝나지 않을 것 같지 않고 해결이 요원하게 보였지만 결국에는 그것도 끝이나더라. 졸업을 하고나니 전혀 다른 사람이 되었다. 대학도 갔고 이후에는 그런 징후가 전혀 나타나지도 않았다. 그리고 졸업식 후 2월 달에 음료수를 양손 가득 들고 나타났다. "선생님 그때 저 잘 지켜줘서 감사해요. 그땐 제가 너무 어렸던 것 같아요." 음료수도 음료수지만 건강한 모습을 보니, 그동안의 모든 고민과 노력이 헛되지 않았다는 생각에 울컥했다. 학생이 무슨 잘못이 있을까? 가정에 여러 얽혀 있는 문제 그걸로 인해서 친구관계가 흐트러지고 또 그러면서 삶의 힘을 잃어간 것 아닌가. 그렇지만 잠깐의 일이다. 졸업을 하면서 내가 사는 장(場)이 바뀌면 학생은 언제나 새롭게 출발할 수도 있다. 그렇지만 그때까지는 다소 강하게 잡고 버티게 해줘야한다. 마치 정형외과 치료를 받을 때 보조장비를 끼는 것과 같을 것이다. 보조장비를 평생 끼려고 착용하지는 않는다. 잠시 그 상황을 이겨내기 위해서 잠깐 착용하는 것이다. 그리고 이겨내면 이는 더 이상 필요가 없다. 더 이상의 도움이 필요 없을 때까지는 우리가 도와주어야 한다.

이후부터 매년 자살예방 캠페인을 진행했다. 학생들의 인식이 높아지기도 했고 캠페인 자료제작을 위해 2~3일 고민한 결과물은 학교생활기록부 자율활동에 잘 기재되었다. 생활지도와 진학을 연결시키니 학생들의 참여 의욕도 높아졌다. 우리가 끝까지 지켜주는 노력이 많은 학생들에게 희망을 줄 수 있다는 것을 깨달았다.

7.

작은 실천이 이끈 성장의 변화

작은 습관의 힘

하루는 기분이 무척 좋지 않았다. 마음 한구석이 무거워 어디론가 멀리 떠나고 싶기도 하고, 다 먹지도 못할 밥을 시켜 배부르게 먹거나, 그다지 좋아하지 않는 영화라도 영화관에 가고 싶었다. 하지만 그런 생각들 사이에서 결국 집으로 돌아왔다. 따뜻한 물로 발을 씻고, 아침에 남겨둔 반찬으로 저녁을 때운 뒤, 오늘 해야 할 글을 쓰기 시작했다.

특별히 복잡한 마음을 추스르기 위해 내일 새벽에 교회에 가서 기도를 하겠다고 다짐했지만, 그 외에는 여느 날과 다르지 않은 일상이었다. 그래도 내가 해야 할 일을 끝까지 해낸 스스로를 다독여본다.

"잘 이겨냈어."

반복되는 일상과 그 안의 루틴은 생각보다 큰 힘을 지닌다. 나는 매 수업마다 같은 루틴을 반복한다. 창문을 열고, 주변을 정리하고, 책상을 정돈한 뒤 바르게 앉아 출석을 부른다. 이 간단한 과정은 2분도 채 걸리지 않지만, 매번 반복함으로써 48분간의 수업에 몰입할 수 있는 기반을 만든다.

가끔 급한 마음에 이를 생략하고 서둘러 수업을 시작할 때도 있지만, 중간쯤 지나면 결과는 더 나빠진다. 아이들은 집중하지 못하고, 졸기까지 한다. 모든 것은 기본에서 출발한다는 말처럼, 기본이 잡혀야 다른 수업 기술도 빛을 발한다는 것을 매번 느낀다.

종종 다른 선생님들이 묻는다. "어떻게 선생님 수업에는 아이들이 그렇게 집중하나요? 정말 신기해요." 그럴 때마다 나는 말한다. "저는 강의 첫날부터 기본을 강조해요. 그리고 꾸준히 반복하죠."

주변이 어지러우면 정리하라고 하고, 자세가 흐트러지면 바르게 앉으라고 지시한다. 이런 단순한 지시들이 반복되면 아이들은 그것을 당연히 받아들인다. 반면, 평소에 전혀 강조하지 않다가 갑자기 이런 걸 시키면 "왜 나만 시키나요?", "다른 애들도 저랬는데요."라는 반응이 돌아오곤 한다. 그때부터 지시는 잔소리로 변질되고, 아이들은 반발하게 된다. 하지만 누구나 익숙해진 규칙은 쉽게 깨지 않으며, 처음 깨는 사람이 되기를 꺼린다.

수업 시간에 한두 명의 학생이 떠들기 시작하면 대부분은 잠깐 떠들다 스스로 자중하고 다시 수업에 집중한다. 그러나 떠드는 학생 수가 많아져 다수가 되면, 조용하던 학생들까지도 분위기에 휩쓸려 함께 떠들게 된다. '깨진 유리창의 법칙'과도 비슷하다. 작은 무질서가 방치되면 점점 더 큰 무질서로 이어질 수 있다. 하지만 수업 루틴을 잘 활용한다면 초기에 적절히 관리하여 학습 분위기를 한 학기 또는 일 년 동안 유지할 수 있다.

수업을 시작하기 전에 나는 학생들에게 명언을 칠판에 적어 해석하게 한다. 어떤 학생은 유명한 사람의 명언을 영어로 번역해 소개하기도 하고, 어떤 학생은 부모님이 해주신 말씀을 떠올려 영어로 적는다. 이 과정에서 부모님에 대한 공경심이 깊어졌다고 말하는 학생들도 있다. 때로는 자신이 만든 명언을 적어오는 학생도 있다.

물론 처음에는 "절대 안 할 거예요."라며 거부하는 학생들도 있다. 하지만 꾸준히 지속하다 보면 학기말쯤에는 대부분 잘 따라온다. 그리고 자신의 명언을 소개하면서, 스스로 부끄럽지 않은 사람이 되려고 노력한다. 자신의 이야기를 누군가 앞에서 말해야 할 때, 그 말이 부끄럽지 않으려면 삶에서 실천해야 한다는 것을 배우는 것이다.

학생들의 명언

Effort is its own greatest reward.
(노력은 그 자체로 가장 큰 보상이다.)
Today's challenges shape tomorrow's self.
(오늘의 도전이 내일의 나를 만든다.)
The moment you give up, your dreams stop as well.
(포기하는 순간, 꿈도 멈춘다.)

'수업 중에 인성교육을 한다고?' 어떤 분은 그 시간에 생기부에 기록될 활동을 하나 더 하는 것이 낫다고 말씀하시기도 했다. 하지만 인성교육 내용도 학교생활기록부에 기재된다. 오히려 수업 중 인성교육은 학생의 학업역량 외에도 공동체역량을 높이기에 좋은 요소가 된다. 2015년부터 매주 한 번씩 영어 수업 시간에 영어 명언을 칠판에 적고, 학생들과 함께 읽어보는 시간을 가졌다. '가랑비에 옷 젖는다.'는 말처럼, 명언들을 꾸준히 적다 보니 어느새 영어실력이 자란 것도 보인다. 학생들은 앞에 나가서 영어 명언 문장을 해석하면서 더 정확히 이해하게 되었고, 수업 중 일일티칭의 내용으로 세특에도 기재해 주었다.

천천히 가도 괜찮아, 성공은 때로 기다려줘

"여러분 삼재(三災)라는 말의 뜻을 알고 있나요? 옛 사람들은 아내와 이별하는 것, 자식을 먼저 하늘나라로 보내는 것, 그리고 '조등과제(早登科第)'를 인생에서 세 가지 재앙으로 꼽았습니다. 모두가 일찍 성공하길 바라지만 그게 꼭 좋은 것만은 아닙니다."

이어 내가 좋아하는 아이젠하워 전 미국 대통령의 일화를 꺼냈다. 아이젠하워는 군인 시절 소령까지 진급한 후, 그 이후의 진급에서는 오랫동안 답보 상태에 머물렀다. 친구였던 맥아더 장군은 이와 대조적으로 승승장구하며 빠르게 출세했고, 별 다섯 개를 달며 군인으로서 최고의 영예를 누렸다. 당시 아이젠하워는 비교적 저평가되고 있었고, 자신의 진급이 지체되는 것에 대해 조급함과 불안함을 느꼈을 것이다. 하지만 그는 자신의 길을 포기하지 않고, 묵묵히 인내하며 나아갔다. 결국 그는 미국 대통령이라는 더욱 높은 자리까지 오르게 되었다. 맥아더가 군인으로서 영광을 누렸다면, 아이젠하워는 정치가로서 최고의 위치에 오른 것이다.

"성공은 때로는 오래 기다리고, 천천히 준비할 때 더 큰 성과로 돌아오기도 합니다. 대기만성이라는 말처럼, 지금 여러분이 겪고 있는 어려움이나 느린 성장도 나중에 큰 성공으로 이어질 수 있다는 것을 잊지 마세요."

이야기를 마치고 나니, 몇몇 학생들의 표정이 밝아졌다. 안 그래도 중간고사를 잘 못 쳐서 조급해 하는 학생들이 많았다. 조례 후에 "선생님 덕분에 마음에 여유가 생겼어요."라고 말하는 학생도 있었다. 이야기가 학생들에게 조금이나마 위로와 힘이 되었음을 느꼈다.

그날 아침에 했던 이 이야기를 게시물로 만들어 교실 게시판에 붙였다. 학생들이 필요할 때마다 꺼내 볼 수 있게 하려 했다. 며칠 후, 한 동료 교사가 나를 찾아왔다. 시험감독을 하다가 내가 만든 게시물을 읽었다고 이야기하셨다. "선생님이 학생들에게 해 준 그 이야기를 읽고 저도 큰 힘을 얻었어요. 사실 나도 요즘 교감 승진이 뜻대로 되지 않아 고민이 많았는데, 마음에 위로를 갖게 되었네요." 선생님들이 내 생각을 읽는다고 생각하니 쑥스럽기도 했지만 보람 있었다. 내가 학생들에게 전하고 싶었던 메시지는 간단했다. '천천히 가도 괜찮다는 것.'

8.

다양한 방법의 인성교육

내가 학교폭력 예방과 인성교육에 앞장서는 이유

"선생님 헌혈과 관련해서 인터뷰를 하고 싶은데요. 언제쯤 괜찮으실까요?" 학생들과 사제동행 헌혈 활동을 한창 진행 중이던 때 지역신문사 기자님으로부터 연락이 왔다.

"질문하겠습니다. 선생님의 학창시절은 어떠셨나요? 풍기는 느낌으로는 왕년에 친구들 사이에서 날렸을 것 같은데요."

사실, 어린 시절을 돌아보면 다 말할 수 없는 과거가 있다. 누구나 그렇겠지만, 왕년의 모습과 지금의 모습은 사뭇 다르다. 지금은 학교 현장에서 점잖은 모습으로 학생들을 마주하고 있지만, 어릴 때는 혈기왕성한 편이었다. 그렇다고 무턱대고 친구들을 괴롭히거나 하진 않았다. 다만 약한 친구들을 괴롭히거나 비겁한 행동을 보이는 모습은 그냥 지나치지 못했던 것 같다.

내가 어릴 때 살았던 동네는 차로 이동하면 시내까지 오래 걸리지 않았지만, 대중교통은 상당히 불편했다. 버스가 하루에 3대뿐이었고 하교 버스를 타려면 저녁 7시까지 기다려야 했다. 초등학생에게 그 시간을 학교에서 버티기란 쉽지 않아서, 결국 산을 넘고 물을 건너 4km를 걸어 집으로 돌아가곤 했다.

같은 동네에 살던 태훈이 형은 서너 살 어린 우리를 데리고 다니면서 싸움을 시켰다. "야, 너 이 애한테 이길 수 있냐?"라고 묻고, 자존심 때문에 대부분 그렇다고 대답할 수밖에 없었다. 그러면 태훈이 형은 한 대씩 때리면서 싸움을 유도했다. 그때부터는 바로 싸움이 시작되었다. 싸움 실력으로는 늘 상위권이었지만, 지금 생각해보면 나는 태훈이 형의 학교폭력 피해자였던 셈이다.

누구와 맞붙어도 지지 않을 자신은 있었지만, 다음 쉬는 시간이나 집에 갈 때 또 싸워야 할까 걱정하면서 늘 긴장과 불안 속에 있었다. 특히 긴장감이 큰 날은 수업이 귀에 들어오지 않았고, 오로지 싸워야 한다는 생각뿐이었다.

지나 보면 그나마 나는 버틸 힘이 있었다. 살아온 배경이 그랬다. 그렇지만 요즘 아이들은 어떨까? 과연 그런 힘을 지니고 있을까? 잊을만 하면 들려오는 자살 관련 뉴스기사를 볼 때마다 걱정이 쌓인다.

"선생님이 있는 한 교실에서 폭력은 절대 안 돼!"

"선생님이 우리를 무섭게 하잖아요."

학생들의 이런 볼멘소리는 아무것도 아니었다. 나는 학생들에게 학교폭력의 가해자도, 피해자도 되지 말아야 한다는 것을 분명히 알리고 싶었다. 그래서 나만의 방식으로 학교폭력 예방 활동과 인성교육을 꾸준히 해오게 되었다.

월드비전 해외 아동후원

인생 책을 꼽자면 김혜자 님의 책 『꽃으로도 때리지 말라』를 빼놓을 수 없다. 이 책을 통해 해외 아동들이 처한 상황과 그들이 겪는 고통이 얼마나 상상하기 힘든 정도인지를 알게 되었다. 그들을 위한 내가 할 수 있는 일은 기도하는 것과 내가 가진 것을 조금이라도 나누는 것뿐이었다.

책 속의 한 장면이 아직도 생생하다. 소년병 출신 아이는 "다시 그때로 돌아간다면 소년병이 되겠는가?"라는 질문에, 그들은 주저 없이 다시 소년병이 되겠다고 답했다. 이유는 적어도 소년병일 때에는 굶어 죽을 걱정은 없었기 때문이라고 하는데 마음이 아팠다. 그길로 바로 후원을 결심했다. 내 처음 마음을 기억하기 위해 후원을 시작한 2008년 4월 27일을 기념하여 아이디를 love0427로 만들었다.

2008년에 시작한 후원이 어느덧 16년이 지났다. 현재는 세 명의 아이를 후원하고 있다. "하나님, 혹시 제가 경제적 여유가 조금 더 생기면 가장 먼저 후원을 늘리고 싶습니다." 그리고 하나님은 그 기도를 들어주셨다. 각종 글쓰기 공모전과 인성교육 발표대회에서 상과 상금을 받게 된 것이다.

물론 자녀들을 키우면서 한 달에 9만 원씩 생활비 통장이 아닌 개인 용돈 통장에서 빠져나가는 것은 부담이 된다. 하지만 내가 지금 후원을 그만두면, 내가 후원하는 아이가 맨 후 순위로 밀리게 될 것을 알기에 그만둘 수 없다. 처음부터 내가 하지 않았다면, 다른 좋은 후원자를 만나 안정적으로 후원을 받을 수 있었을 것이다. 그래서 후원을 포기할 수 없다.

"선생님은 헌혈도 많이 하고, 후원금으로도 도우니 복 받을 거예요. 앞으로 상도 더 많이 받으세요." 동료선생님이 격하게 응원해줬다.

2015년에 맡았던 반 학생들도 사고를 많이 치던 아이들이었다. 그러나 그들이 순수한 후원 아동들과 편지를 주고받으며 아이들의 순수함이 학생들에게도 전해지지 않을까 하는 기대가 있었다. 사슴 같은 눈망울을 가진 아이들에게 편지를 쓰는 동안만큼은, '학교 어디 화장실에서 또 담배를 피울까?' 같은 생각은 하지 않을 것 같았다. 또 마음속 화가 올라오다가도, 어려운 환경 속에서도 꿋꿋이 자라는 아이들을 생각하면 마음이 부드러워질 것이라고 믿었다.

"애들아, 밀라와 하난에게 편지 쓰려고 하는데 같이 쓸 사람?"

처음에는 서로 미루던 학생들이 점차 글을 쓰겠다고 몰려들기 시작했다. 그렇게 1년 동안 학생들은 두 명의 해외 아동과 다섯 번의 편지를 주고받았다. 우리는 자연스럽게 두 아동을 돌보는 '한 가족'이 되었다.

학생들은 편지에 좋은 말을 찾아 적고, 자신이 후회했던 경험을 떠올리며 당부의 말도 썼다. 시험공부로 힘든 마음을 공유하기도 했다. 이런 과정 속에서 학생들은 단순히 행동이 좋아지는 수준을 넘어 '성숙해졌다.'는 표현이 어울릴 만큼 어른스러워졌다.

학생들은 누군가를 돕는 경험을 통해 성장한다. 자신을 돌아보고 성찰하며, 더 성숙하고 책임감 있는 사람으로 자라난다.

실패에서 배우는 성장의 과정

테드 올랜드와 데이비드 베일즈의 『예술가여, 무엇이 두려운가!』에는 학생들을 대상으로 한 도자기 공예 선생님의 흥미로운 실험 이야기가 나온다. 도자기 공예를 배우기 위해 모인 학생들을 두 그룹으로 나누어 A그룹에는 50개의 도자기를 만들면 A학점을, 40개의 도자기를 만들면 B학점을 준다고 이야기 했고 B그룹에는 "한 학기 동안 만든 작품 중 가장 잘 만든 작품 한 가지로만 점수를 책정하겠다."라고 전했다.

미적, 기술적, 섬세함 등 모든 면에서 뛰어난 도자기를 만든 사람들은 모두 A그룹의 사람들이었다. 이 그룹의 학생들은 높은 점수를 받기 위해 많은 도자기를 만드는데 집중했고 그 과정에서 흙을 다루는 자체에 점점 더 능숙해져갔다. 또 도자기를 하나씩 빚어 나가는 동안 했던 많은 실수들이 점차 경험이 되어 발전하며 좋은 도자기를 만드는 재료가 되었다.

반면, 반대 그룹에서는 좋은 도자기를 만들기 위해 치밀한 계획을 세웠고 학기가 끝날 때 까지 몇 점의 도자기를 만들지 못했다. 심지어 그 몇 점마저도 수준이 낮았다. 결국 계획을 세우는 동안 허비한 시간만큼 실력을 성장시킬 시간을 낭비한 것이다.

이 이야기는 내가 좋아하여 학생들과 선생님들께 종종 들려주는 이야기다. 실패를 두려워하지 않고 다양한 방법들을 동원해서라도 일단 시도해 보아야 한다. 나 역시 실패한 경험도 너무나 많다. 학생들과 자전거를 타고 자연을 탐방하거나, 운동과 등산을 함께하며 시간을 보냈고, 헌혈과 같은 봉사 활동에 참여하며 학생들과 함께 성장의 기회를 만들어 가고자 했다. 가끔은 내가 이렇게 부담되고 집에서도 때론 과하다고 만류하는데 내가 왜 이렇게 하지? 하는 때도 물론 있었다. 그렇지만 학생들의 변화를 보고 계속 도전한 것이다. 실천의 반복과 시행착오가 모여 학생들에게도 교사인 내게도 성장의 기회가 되니 감사할 따름이다. 혹시 내 방법이 맞는지

의심이 되고, 내가 과연 이렇게까지 해야 하나 생각이 드는 선생님이 계시다면 그냥 해보라고 하고 싶다. 시도 자체도 의미가 있고 그 시도를 통해서 방법도 찾고 교사도 성장할 수 있기 때문이다.

9.

틈새운동의 힘: 쉼 없는 도전

"도대체 그 바쁜 삶 속에서 언제 운동하고 언제 헌혈합니까?"라는 질문을 자주 받는다. 특히 330회의 헌혈을 어떻게 꾸준히 이어올 수 있었는지를 궁금해한다. 대학생 시절 타지 생활하면서 헌혈을 시작해서, 기갑여단에서 군생활 하는 중 강도 높은 훈련 중에도 헌혈을 멈추지 않았었다. 근무하는 학교에서는 3학년 업무를 맡으며 고입설명회, 진학컨설팅, 기관상담을 맡아서 하고 가정에서는 세 아이를 돌보면서도 헌혈을 지속해왔다. 헌혈을 위해서는 단순히 시간을 내는 것 이상의 건강과 강인한 체력이 요구된다. 그렇다면, 이 체력은 어디서 나오는 걸까? 비결은 바로 틈새운동이다.

틈새운동을 통해 시간과 장소에 구애받지 않고 체력을 길러왔다. 틈틈이 운동하여 일주일에 턱걸이 400개, 푸시업 900개, 러닝 15km, 그리고 테니스를 주 3회 이상 할 수 있었던 것이다. 끈기를 가지고 인내하며 스스로를 단련하는 것이 얼마나 중요한지 잘 알고 있다. 그리고 그것은 학생들에게도 강조하는 부분이다.

턱걸이는 집에 설치한 문틀 철봉을 활용한다. 설거지를 시작하기 전에 한 10회 한 세트, 설거지 후에 한 세트, 밥을 안쳐놓고 한 세트, 인덕션에 국을 올려놓고 한 세트, 청소기를 돌리면서 한 세트, 이렇게 짧은 순간을 활용하다 보면, 어느새 합산하면 100개를 넘어선다. 현재 근무하고 있는 구미산동고는 교장실, 교감선생님이 계신 교무센터와 같은 층에 교사와 학생들이 사용할 수 있는 체력단련실이 있다. 결재 파일을 들고 결재를 받으러 갔다가도 계속 기다려야 할 때가 종종 있다. 그럴 때는 체력 단련실로 향한다. 5분에서 10분 정도만 운동해도 기다리는 시간이 금세 지나간다.

운동은 결국 시간이 다한다

운동을 하기 위해서 한두 시간을 빼놓는 것이 아니라 일정 시간간격 마다 틈틈이 운동을 해준다면 결국 시간을 빼놓고 운동하는 것과 같은 결과를 만들어 낸다. 우리가 시간을 빼놓고 헬스장에 가서 운동을 해도 중간에 쉬는 시간, 휴대폰 보는 시간, 다른 생각 하는 시간이 다 있으니 집안일, 학교 일을 하면서 틈틈이 하는 것의 효과는 결국은 헬스장에 가서 하는 것과 비슷하다.

푸시업은 다른 장비 없이 더욱 간편하게 할 수 있는 운동이다. 보통 세트사이에는 약간의 휴식시간을 두는데 그 휴식시간에 집안일을 병행하며 시간을 효율적으로 사용할 수 있다. 헬스장에 시간 내어 가지 않으니 퇴근하고 나서 집을 비우는 시간도 줄었다.

러닝은 주로 늦은 밤에, 아이들이 잠든 후에 한다. 집 근처 고등학교 트랙에서 30분 정도 뛰는 동안, 셀프 빨래방에서 이불이나 운동화 세탁이 돌아간다. 보통 빨래세탁에 소요되는 시간이 30~40분 정도이니 딱 맞춤형이다. 러닝이 끝나고 건조가 되는 동안에도 푸시업을 한다.

테니스는 새벽 시간을 활용해 즐긴다. 아침 운동을 하러 가기 전에 빨래를 돌리거나 식기세척기를 작동시켜 두면, 한 시간의 운동 후 돌아와서 빨래를 건조기에 넣고 식기세척기에 있는 식기를 정리하면 마무리된다.

직장생활을 하다 보면 어디론가 숨고 싶거나, 스스로가 부족하게 느껴질 때가 있다. 그런 기분이 들 때도 운동을 한다. 운동을 하다 보면 스스로에 대한 생각이 달라진다. 무엇보다 운동은 절대 배신하지 않는다. 한 만큼 건강해지고, 결과를 눈으로 확인할 수 있으니 자연히 자신감이 따라온다. 달리기는 작년부터 시작해서 1년, 테니스는 3년, 턱걸이는 10년째 지속하고 있다. 10년 전과 지금을 비교하면 살도 10kg 빠졌고 한 번에 할 수 있는 턱걸이 개수도 10개에서 18개로 늘었다. 학교 일과 가정 일에 늘 바쁘게 살아왔지만 잠깐의 시간을 통해 건강과 힘을 키울 수 있었다.

3장
학생의 꿈을 함께 걷다

: 진학 지도

지도자는 자신의 길을 밝히는 사람일 뿐 아니라, 다른 사람의 길을 함께 비추는 사람이다.

- 존 맥스웰(John Maxwell)

교사로 살아가며 깨달은 것 중 하나는, 학생의 꿈을 함께 걷는 일이 단지 가르치는 것을 넘어선다는 점이다. 그것은 어둠 속에서 길을 잃은 아이들에게 손전등을 건네는 일과도 같았다. 학생들의 고민과 방황 속에서, 그들이 자신만의 빛을 찾아 나아갈 수 있도록 도와주는 것이 내 역할이었다.

한화그룹의 불꽃축제 이야기를 들었을 때, 그들이 뿌리를 잊지 않으려는 의지가 참 인상 깊었다. 교직에서도 마찬가지였다. 사제동행과 인성교육, 그리고 진로진학지도라는 나의 뿌리를 잊지 않는 것이 중요했다. 학생들과 함께한 길 위에서 그들의 작은 꿈이 커다란 불꽃으로 피어나기를 간절히 바라며, 오늘도 나의 길을 이어간다.

1.

고3 담임, 성장의 길을 함께 열다

한화그룹은 매년 100억 원을 들여 세계 불꽃축제를 연다. 다른 방식으로도 충분히 홍보할 수 있을 텐데, 굳이 불꽃축제를 여는 이유가 궁금해 찾아보니 한화의 뿌리가 바로 한국화약이었다. 현재 회장이 그룹의 뿌리를 잊지 않기 위해 매년 큰돈을 들여 불꽃놀이를 여는 것이다. 정체성이 혼미해진 이 시대에 뿌리를 기억하자는 이 시도가 값지게 다가왔다. 나의 교직 생활에도 이를 적용해보고자 한다.

교직에서 나의 가장 중요한 키워드는 사제동행, 인성교육, 그리고 진로진학지도이다. 교직에 들어서기 전부터 이 세 가지를 중요한 가치로 삼으며 학생들에게 도움이 되는 교사가 되리라 다짐했다. 대학 진학 경로가 점점 다양해지고 유튜브나 각종 SNS에 정보는 넘쳐나지만, 이를 제대로 이해하고 대비하는 일은 학생과 학부모에게 쉽지 않다. 교사가 조금만 더 세심하게 도움을 준다면, 학생들은 자신의 진로와 대학을 더욱 주체적으로 선택할 수 있다.

내가 진로 · 진학 지도에 깊은 애정을 갖게 된 것은 학창 시절의 경험에서 비롯되었다. 시골에서 자라면서 전교 1등을 놓치지 않던 아이였고, 지역 명문고에 상위권으로 입학했다. 고등학교에서는 이과계열 4등까지 해봤고, 서울대를 매년 10명씩 배출하는 학교에서 기대를 받았었다. 그러나 수능 성적은 그 기대에 미치지 못했다. 특히 수학에서 실수를 하며 의대나 한의대를 갈 수 있는 점수에 도달하지 못했다. 서울 상위권 대학 이학부에 합격했지만, 진학 후에도 입시에 미련이 남았다. 가고자하는 방향성을 잃고, 옛날에 공부 잘했던 기억만을 가지고 다시 도전하기로 했다. 수능을 다시 준비하면서 6월 모의평가에서 상위 0.5%를 보며 대박을 꿈꾸기도 했다. 하지만 수능 날, 그 긴장감은 예상보다 더 컸고, 결국 수학에서 또 실수를 하며 막연한 꿈이었던 의대와 한의대라는 목표는 이루지 못했다.

입시관점에서 보면 실패한 경험이지만, 오히려 이 경험이 내가 진로진학지도에 더 진심을 쏟게 만든 계기가 되었다. '그때 내 자신의 특성을 정확히 알고 다양한 진로를 알았더라면, 고3 때 충분히 내가 가고자 하는 방향을 잡을 수 있었을 텐데.'라는 생각이 들었다. 그래서 나는 내가 만나는 학생들의 이야기를 많이 듣고, 그들이 나아갈 수 있는 진로를 찾는 데 도움을 주고 싶다. 각자의 분야만 잘 찾는다면 인기학과와 대학의 서열이 무슨 의미가 있겠는가? 가서 열심히 하면 되는 것이다. 이것이 내가 생각하는 지도 방향이다.

내가 만나게 될 학생들에게 더 넓은 세상을 보여주고 싶다. 우리가 흔히 알고 있는 진로의 틀을 넘어, 그보다 훨씬 더 다양한 분야가 있고, 그 안에서도 수많은 길이 펼쳐져 있다는 것을 알려주고 싶다. 학생들이 길을 몰라

헤매지 않도록, 내가 그들의 나침반이 되어주고 싶다. 내가 겪었던 방황이 이 아이들에게는 조금 더 확실한 미래의 지도로 바뀌기를 꿈꾸며, 교단에 선다.

인생의 성공

"나는 한때 이곳에서 살았으므로 해서
단 한 사람 인생이라도
행복해지는 것

그것이 바로 당신의 진정한
인생의 성공이다."

- 랄프 왈도 에머슨

2.

학생부종합전형, 학생과 교사가 함께 만드는 길

학생부종합전형 지도의 첫 단계는 학생이 스스로 진로를 탐색하며 자신의 인생 설계도를 그리도록 돕는 것이다. 진로를 고민하는 학생들에게 교사는 단순한 상담가를 넘어, 함께 탐구하고 방향을 모색하는 동반자가 되어야 한다.

한 동료 선생님이 수학교사를 꿈꾸며 학종을 준비하던 아들 동률이에 대한 고민을 털어놓았다. 동률이는 진로에 대한 확신을 갖지 못한 채 지쳐가고 있었고, 선생님은 적합한 진학 방법에 대한 조언을 구했다. 나는 다양한 학종 사례를 동률이에게 보여주고, 그중 가장 마음에 와닿는 사례를 중심으로 소감을 써보게 했다. 이를 통해 동률이는 금융업계에 흥미를 느끼고 새로운 방향 설정을 할 수 있었다. 학생이 자신의 고민을 해소하고 새로운 가능성을 발견할 때, 진로지도의 진정한 가치를 깨닫게 된다.

학종의 본질은 학생 스스로 진로를 찾고 준비하도록 돕는 데 있다. 그러나 처음 학종지도를 맡았을 때 나는 주도적으로 모든 것을 해결하려 했던 교사였다. 당시 생활지도와 학업 동기 부여에 어려움이 많았던 학교에서 근무 중이었고, 학교는 학종보다는 교과 전형에 더 치우쳐 있었다. 이처럼 열악한 환경에서 학종을 활성화하려면 교사의 헌신이 절대적이라고 믿었다.

2014년, 나는 입시 경험이 풍부한 3학년 부장 선생님과 협력하여 교과 중심의 입시에서 생활지도와 학종 중심으로 전환하는 데 주력했다. 우리는 프로젝트 수행 점검, 수행평가 반영, 세부특기사항 기재, 학부모 상담 등 다양한 활동을 도입했고, 문제를 일으키던 학생들과도 등산과 자전거 라이딩을 통해 관계를 형성하며 멘토링을 이어갔다. 이러한 노력은 생활기록부에 충실히 반영되었고, 연세대, 고려대, 교대는 물론 수도권 대학에도 다수의 합격자를 배출하는 성과로 이어졌다.

하지만 돌아보면, 당시 나는 행복하지 않았다. 3월부터 10월까지 학생들의 자소서와 진로 지도에 몰두하며 정작 내 가정에는 소홀했고, 몸과 마음은 지쳐갔다. 그러던 중, 졸업생 중 한 명이 자신의 진로와 맞지 않아 다시 수능을 준비하겠다고 찾아왔다. 그 학생은 최상위 내신을 가지고 상위권 대학에 장학금을 받고 갔지만, 그 모든 것을 포기하고 다시 돌아온 것이다. '그 학생을 잘 보내기 위해 밤낮으로 엄청나게 노력했었는데…' 그때야 비로소 학생이 진정으로 원하는 길을 찾는 것이야말로 학종의 본질이며, 그들의 행복으로 이어지는 길임을 깨달았다. 그리고 나 역시 그런 학종이 아니라면 가정까지 희생하며 할 필요가 전혀 없다는 것을 알게 되었다.

학생부종합전형은 단순히 성적과 기록만의 경쟁이 아니다. 학생이 자신의 길을 스스로 설계하고 탐구해 나가는 여정이다. 학생이 자신의 길을 찾으려는 의지를 갖고, 교사는 이를 지원하며, 학부모가 지지할 때 그 효과는 배가된다. 이 여정에서 교사는 학생과 함께 동행하며 도움을 줄 수 있다. 학생이 자신의 가능성을 발견하고 그것을 실현하도록 돕는 것, 그것이 교사의 진정한 역할임을 잊지 않으려 한다. 앞으로 학생, 교사, 학부모 모두가 행복해질 수 있는 진로 지도를 실현하고 싶다.

3.

새벽 추천서로 응원하는 꿈

추천서를 쓰며 보낸 밤, 그 뜨거운 열정의 시간

그날 밤, 내 책상 위에는 각종 서류와 참고 자료들이 어지럽게 흩어져 있었다. 나를 기다리고 있던 것은 바로 학생들의 추천서 작성이었다. 대학 진학을 앞둔 학생들에게 중요한 서류였기에, 그 책임감은 무겁게 느껴졌다. 시계는 이미 자정을 넘어섰지만, 나는 한 글자 한 글자에 신중을 기하며 펜을 움직였다.

추천서가 있을 당시 내가 근무하고 있던 학교는 지역 인문계 고교들 중에서 학업 역량이 낮은 편에 속하는 학교였다. 그만큼 특반 의존도가 높았는데 특반을 맡으면 학생 30명 중 20명은 추천서가 필요했다. 학생 한 명당 평균 3장을 학생부종합전형으로 원서를 썼으니 대략 60장의 추천서를 써야 했다. 9월이 되면 11시 퇴근, 12시 퇴근도 빠른 편이었다. 어떨 때는 동료 선생님과 새벽 2시에 퇴근하면서 학교지킴이 선생님을 깨운 적도 있었다.

해프닝들도 있었다. 하루는 동료 선생님과 "오늘은 꼭 자정 전에 퇴근하자"고 약속했지만, 미리 지킴이 선생님께 이야기해 놓지 않았다. 마침 지 킴이 선생님도 조명을 거의 *끄고* 컴퓨터 앞에 앉아 있는 우리를 못 본 것 이다. 전체실에 보안을 걸어놓고 주무시는데, 우리가 자정쯤 문을 열고 나 오자 경비 시스템이 작동했다. 온 복도에 사이렌이 울렸지만 지킴이 선생 님은 바로 일어나지 않으셨다. 경비 업체에서 찾아왔고 우리는 건물에서 나가지도 못한 채 갇혔고, 지킴이 선생님은 주무시고 있었다. 퇴근을 해야 하는데 30여 분 동안 발만 동동 굴렀다. '진짜 이러다 밤새겠네….'

고3 비담임 선생님께도 추천서를 부탁하는 학생들이 있었다. 선생님이 학생의 정보를 입력하기 위해 인터넷 접수 대행업체에 들어가 직접 작성 해야 했는데, 이 자체가 익숙하지 않은 경우가 많았다. 저장을 미리 하는 것도 낯설었다. 건국대 생명과학과를 지원한 한 학생이 2학년 때 담임 선 생님께 부탁을 했다. 그 선생님도 지난 기록을 찾아보며 열심히 작성했다. 그런데 마감 시간이 다가오자 접속이 잘 되지 않았다. 선생님은 여러 동 료들에게 도움을 청했고, 3학년 부장이었던 나 역시 뛰어 내려갔다. 힘겹 게 접속하여 입력을 다할 즘 시간이 종료되었다. 다행히 그 대학은 시간에 맞춰 입력했지만, 다른 대학에서 문제가 발생했다. 다른 대학 마감 시간 을 선생님이 한 시간 뒤로 알고 있었는데, 실제로는 같은 시간이었던 것이 다. 결국 하나만 겨우 입력하고 나머지는 입력하지 못했다. 추천서를 내지 못했다는 사실을 학생에게 어떻게 전할지 고민하던 선생님의 표정을 잊을 수 없다. 선생님의 표정은 조금만 더 건드리면 울 것 같은 표정이었다. 심 각한 표정으로 학생을 불러 미안하다고 말했지만, 학생은 오히려 덤덤했다. 결국 두 대학 다 떨어졌지만, 자신이 가장 원하던 경희대에 합격했다. 추천서를 입력하지 못한 선생님께 담담하게 위로했던 이 졸업생의 대입 성공담은 몇 년간 회자되었다. '긍정적으로 생각하고 마음을 잘 쓰면 결국 복 받는다.'는 미담의 주인공이 된 것이다.

나 역시 아슬아슬한 경험을 많이 했다. 스케줄표에 꼼꼼히 적어놨지만, 추천서 작성과 자기소개서 지도, 대학 지원 상담이 동시에 이뤄져야 하는 상황에서 물 한 잔 제대로 못 마시며 몇 시간씩 이야기하고 컴퓨터를 붙잡고 있던 기억이 있다. 그때의 열정적인 시간들이 그립기도 하다. 학생들과 함께 울고 웃으며 보낸 시간이 길었던 만큼, 당시 졸업생들을 만나면 할 이야기도 많다.

각 추천서에는 그 학생만의 이야기를 담고자 했지만, 밤늦게 시간이 갈수록 피로가 몰려왔다. 눈꺼풀이 무겁게 내려앉을 때쯤, 커피 한 잔을 타러 주방으로 갔다. 커피 한 잔을 마시고 돌아와, 다시 책상 앞에 앉았다. 피곤함을 잊고 추천서 작업에 몰두했다. 학생들의 미래를 생각하며, 그들이 원하는 대학에 꼭 합격하길 바라는 마음으로 글을 이어갔다.

시간은 새벽으로 접어들었고, 어렴풋이 동이 트기 시작했다. 어느새 나는 마지막 학생의 추천서를 마무리하고 있었다. 밤을 샌 것이었다.

추천서 쓰다가 우는 선생님도 봤다. 멘토 선생님은 학생의 한 면 한 면을 적어주면서 감정에 복받쳐 우시기도 했다. "부장님 우십니까?", "내가 생각해도 너무 감동적인 이야기 같다."

학생들의 성장을 지켜보며 그들의 꿈을 지원하는 일은 나 자신에게도 큰 의미가 있었다. 그들의 가능성과 열정을 믿으며, 내가 적는 몇 줄의 글이 그들에게 큰 힘이 될 수 있다는 믿음이 나를 계속해서 움직이게 했다. 그 생각으로 피곤함도 기꺼이 견딜 수 있었다.

4.

자기소개서를 쓰며 빚어낸 성장

글쓰기를 종합예술이라 한다. 그만큼 글을 쓰는 일은 어렵고 힘든 작업이다. 수능과 학교 시험의 오지선다형 문제에 익숙한 학생들이 이러한 글쓰기에 익숙할 리 없다. 수행평가를 통해 간간이 글을 쓰는 경험을 하기는 하지만, 자기소개서를 작성해야 할 때면 그 어려움은 더욱 두드러졌다. 특히 2024년부터 자기소개서가 사라지긴 했지만, 여전히 학교생활기록부 기재를 위한 보고서나 자기실적평가서를 작성하는 일은 학생의 면모를 온전히 담아내야 하는 종합예술과도 같다. 학생들에게 이를 안내하며 작업할 때면 마치 사막을 가로지르는 긴 여정에 이제 막 출발하려고 하는 여행자의 기분이 들기도 한다. 분명 이 길을 잘 통과하면 엄청난 보람이 있을 것인데 가기 전에는 두렵고 답답한 마음이 든다.

2024년도 입시부터 대다수의 대학에서 자기소개서는 사라졌다. 하지만 나의 학생부종합전형 지도의 대부분은 자기소개서와 함께했었다. 학생의 기록을 보완하는 도구였고, 또 다른 한편으로는 그들의 불안을 해소하는 방편이 되기도 했다. 3학년 부장을 맡았던 해, 자기소개서 제출 마감일이

다가오면 얼마나 많은 학생들이 도움을 요청할지 몰라 두렵기도 했다. 간단히 봐줄 수 있는 글이 아니기에 한 글자, 한 문장에 신경을 썼다. 그렇게 정성을 들이다 보면 지도 받은 학생이 나 때문에 떨어지면 어떻게 하나 불안한 마음이 들기도 했다. 자기소개서를 쓴다고 한 달을, 그리고 1단계 결과를 기다린다고 또 한 달을 노심초사 보냈던 기억들이 있다.

자기소개서 작성은 9월 한 달 동안 정신없이 이어졌다. 주말을 포함해 학생들이 제출한 글을 읽고 피드백을 주기에 바빴다. 일부 학생들은 다급한 마음에 여러 선생님을 찾아다니며 피드백을 받고, 그 과정에서 내가 준 피드백이 온전히 반영되지 않은 상태로 돌아오기도 했다. "야, 이것 어제 샘이 알려준 부분인데 왜 아직 반영이 안됐어?" 민주는 교대에 가고자 다른 학교를 다니다가 자퇴를 하고 다시 입학해서 3학년이 된 학생이다. "선생님 죄송해요. 제가 쓰다 보니 내용이 얽혀서 국어샘한테 갔었는데 다시 쓰라고 하셔서 다시 쓰다가 길을 잃었어요." 답답한 마음, 조바심이 느껴지는 그 마음은 이해하겠지만 이럴 때는 기분이 묘하다. 분명 내가 정성스럽게 지도해줬는데 다른 선생님을 또 찾아갔다는 이야기를 들으면 마음이 복잡해진다. 그냥 그 선생님한테 가서 남은 지도도 받으라고 하고 싶을 때도 있다. 글이 가지고 있는 속성 때문인 것 같다. 글은 쓰는 사람도, 지도해주는 사람도 자신의 생각을 모두 투영해서 쓰기에 지도한 내용이 거절당하면 마치 내가 거절당한 듯한 기분을 받게 된다. 자소서를 쓰다가 학생의 상황을 더 자세히 알게 된 경우도 있다. 민재는 호텔경영학과로 진학하려고 하는 학생이었다. 전교부회장도 하고 학급반장도 했었고 축구도 잘하고 친구들 사이에 인기도 좋았다. 어느 날 조심스레 가져온 자소서의 내용에는 아이의 과거의 아픔들이 다 담겨 있었다. 부모님의 이혼, 조부모님이 또 한 번 버려서 고아원에서 생활한 이야기, 어렴풋이 기억하는 어린 시절 아빠, 엄마와의 거의 유일한 추억, 부산 바닷가에서 놀고 같이 호텔에서 보낸 시간을 생각하며 누군가에게 평생에 잊지 못할 추억을 주는 호텔리어가 되고 싶다던 민재의 이야기에 나도 눈물이 났다. 같이 이야기하면서 자기소개서의 단면들을 채워나가는데 학생도 교사도 숙연해진다. 자기소개서를 쓰는 학종은 단계형일 때가 많다. 1단계 합격자에 한해서 면접을 본다. 1단계라도 합격하면 내가 합격한 것처럼 기분이 좋다. 다른 전형 상담도 최선을 다해서 해주지만 학생부 종합전형의 경우, 특히 자소서가 있는 경우에는 나의 노력도 갈아서 넣기 때문에 더 그런 것 같다. 같이 박수치고 부둥켜안으며 합격의 기쁨을 같이하던 그 시절이 또 시간이 지나면 추억 속 이야기가 될 것 같다. 자기소개서 지도가 한창일 때 고3 부장으로서 퇴근을 잊고 일하던 기억도 생생하다. 같이 고3 담임을 했던 한 선생님의 책상에 적혀 있던 문구, '내겐 자는 것도 사치다.'가 기억난다. 웃기기도 하면서도 한편엔 서글픔이 느껴진다. 돌이켜보면, 자기소개서를 쓰는 과정은 단순히 글쓰기가 아니었다. 학생들과 함께 성장하는 시간이었다. 자기소개서를 작성하면서 학생들과 수없이 이야기를 나누고, 함께 고민하며 보낸 시간들이 마음속 따뜻한 기억으로 남아 있다.

5.

상담: 꿈을 향한 한 걸음의 동행

학종 컨설팅 = 인생 컨설팅

새벽 6시 찬바람을 맞으며 출발해 동청송 IC에서 내려 영양으로 들어가는 길은 정말 아름다웠다. 꼬불꼬불한 산길을 따라 좌우로 빼곡히 자리 잡은 단풍들과 가을의 청량한 공기가 더해져 이루 말할 수 없는 상쾌함을 느꼈다. 마치 폐가 호강하고 있다고 소리치는 듯한 기분이었고, 미세먼지 때문에 추운 날엔 창문을 닫기 일쑤였는데 모처럼 해방감을 느끼는 순간이었다. 우리가 찾은 곳은 사립 명문 여자고로 전국에서 공부에 열정을 가진 학생들이 많이 모인 곳이었다.

한 학생을 컨설팅 하기 전 성적을 스캔했다. 성적이 1학년 때 와는 확연히 다르게 2학년 때 확 떨어졌었다. 물론 3학년 때 성적이 조금 올라 성적 상위권은 유지했다. 이런 경우는 보통 스토리가 있기 마련이다. "승아 학생 마음고생 많았지. 선생님이 잘은 몰라도 이런 경우 힘들었던 경험이 있던데, 마음고생 많이 했겠다." 성적이 갑자기 떨어진 이유를 물어보니, 말을 머뭇거리더니 울기 시작했다. 부모님의 이혼, 그로 인해 힘들었던 이야기가 나왔다. 초등학교 4학년 때 부모님이 이혼하셨는데, 고등학교 2학년 때 이혼한 어머니가 재혼한다는 이야기를 듣고 충격을 받았다고 했다. "머릿속으로는 이해가 되는데 마음이 너무 힘들었어요." 진학상담을 목적으로 왔지만 아이의 마음을 안정시키는 것이 우선이었다. 펑펑 울고 나더니 다시 집중했다. "네가 지금 혼자서 너를 키우시는 아버지를 위해 할 수 있는 일이 무엇일까? 어머니도 가끔씩 만나고 있지? 나중에 네가 잘되면 모든 게 안정될 수 있을 거야. 어머니도 네가 잘되길 바라고 계시니까, 네가 자리를 잘 잡으면 아버지도 자신의 인생을 살 수 있을 거야." 승아는 자신을 키우는 아버지를 생각하며, 정말 열심히 공부해야겠다고 스스로 여러 번 다짐했다. "그래. 어머니도, 아버지도 너를 자랑스러워하실 거야. 그럼 우리 지금 할 수 있는 일에 집중해보자."라고 하며 교육대학 진학을 위한 학생 상담을 이어갔다.

보통은 상담 후에 결과를 추적하지 않지만, 이 학생의 경우 결과가 궁금했다. 알고 지내던 선생님도 계셔서 그 학생이 지원한 교대 중 두 곳에서 합격 통보를 받았다는 소식을 들었다. '아버지께서 얼마나 기뻐하실까?' 정말 다행이다. 그리고 아마도 승아는 반 아이들의 마음을 누구보다 더 잘 이해할 수 있는 교사가 되어 있을 것이라 생각을 해본다. 스스로가 그 힘든 시기를 이겨내고 교사가 되었으니 말이다.

1시간가량의 상담을 통해 학생에게 무언가를 잘 알려줘서 180도 다른 결과를 이끌어 내는 사례는 많지 않다. 대부분 학생들은 상담 이전에도 어떤 학과로 가야 할지, 어떤 노력을 해야 할지 알고 있다. 상담을 통해 학생 스스로 이를 깨닫게 하고 의지를 불태워 꿈을 이루게 하는 것이 중요한 것이다. 상담 센터에서 만난 태민이는 수학 성적이 뛰어난 반면, 국어 성적이 낮아서 전체 평균 등급을 떨어뜨리고 있었다. 영어는 내신 성적에 비해 모의고사 성적이 현저히 낮았다. 이과 성향이 강했고, 영어는 학교 시험에서는 높은 점수를 받는 반면, 모의고사 성적은 저조했다. 국어실력이 부족하면 영어 독해력도 자연스럽게 영향을 받을 수밖에 없다. 나는 그 학생이 스스로 자신의 학습 패턴을 이해할 수 있도록 도왔다. "너의 강점과 약점을 이해하는 것이 중요해. 그것을 통해 어떻게 학습할지를 계획하는 것이야말로 성공의 열쇠가 될 거야."

수학을 잘하니 문제풀이를 감보다는 증거 찾기와 연결하도록 했다. 꼼꼼하게 따져 보는 식으로 문제를 풀다 보니 결국 2등급이나 올릴 수 있었다. 10년이 넘게 진학 상담을 해오면서, 학생들에게서 반복되는 패턴을 읽을 수 있는 경우도 많다. 정확한 진단이 필요하긴 하지만, 태민이는 약한 ADHD가 의심되었다. 지도하는 데 있어 특별한 관심이 필요했다. 국어나 영어 지문은 문장이 길고 집중력을 요구하는 반면, 수학은 단계가 나뉘어 있고 답을 얻는 과정이 비교적 명확하다. 그래서 ADHD가 있는 학생들도 수학을 잘할 수 있다. 이런 경우, 국어나 영어를 공부할 때는 비교적 짧은 지문부터 시작해 집중력을 기르는 훈련이 필요하다. 또한, 긴 지문을 시험장에서 만났을 때 어떻게 접근해야 하는지 준비해 두어야 한다. 그래야 당황하지 않고 실력을 발휘할 수 있다.

상담을 하다 보면 가끔 머리도 복잡해지고 감정의 동요가 일기도 한다. 혹시나 내가 잘못 지도해서 피해를 주면 어떻게 하나 하는 생각에 부담감도 많이 느껴 잠을 못 이룰 때도 있다. '하지만 다른 사람들의 삶을 통해 여러 가지 삶의 모습을 알아가는 것, 그것이 인생이고 그것이 교사로서의 삶이 아닐까?' 그런 기회를 가질 수 있다는 것만으로도 감사한 일이다.

낯선 곳에서 나를 만나다

간호학과 진학을 희망하는 주연이가 상담센터에 찾아왔다. "대구가톨릭대, 경운대, 대구한의대 말고는 쓸 곳이 없어요." 주연이가 적어온 리스트에는 현재 성적으로는 가기 힘든 대학들이 대부분이었다. 다른 친구들이 희망하니깐 자신도 그냥 비슷하게 적어온 것 같았다. 그 마음은 이해가 갔다. 주연이는 전형적으로 중학교 때까지 공부를 잘해오다가 고등학교에 진학하면서 성적이 많이 떨어진 케이스였다. 희망하는 학과가 정해졌고 입학결과를 바탕으로 대학을 전문대학까지 지원해본다면 간호사의 꿈을 이루는 것은 충분히 가능해 보였다. 하지만 주연이에게 필요한 것은 도전과 자신감 회복이었다. 대학 지도에 가능한 대학들의 범위를 표시하며 함께 살펴보았다. 주연이는 강원도든 어디든 상관없다고 말했다. "부모님은 무슨 일 하시니?" 상담할 때 늘 빼먹지 않고 물어보는 것이 부모님 직업이다. 주연이는 트럭 운전사인 아버지와 둘이 살아서, 좀 더 멀리 있는 대학에 진학해도 괜찮다고 말했다. 또 어머니는 초등학교 2학년 때부터 따로 살았고, 그 이후로 거의 만나본 적이 없다는 이야기도 들었다. "그렇다면 차라리 강원대학교 써보는 건 어때?", "선생님, 강원대면 국립대라서 더 센 곳 아닌가요?", "강원대 춘천캠퍼스 말고 도계캠퍼스를 써보면 좋을 것 같은데.", "대구경북을 벗어나서 낯선 곳으로 간다면 진짜 네가 어떤 사람인지, 스스로가 모르는 모습을 발견할 수도 있을 것 같아." 주연이의 반

응도 긍정적이었다. 현재의 삶에서 벗어나고 싶다고 말했다. 이전에 만난 다른 학생들을 떠올려 보니, 익숙한 환경을 벗어나 새로운 곳에서 더 나은 삶을 사는 경우들이 많았다는 생각이 들었다. 늘 만나던 사람들과 함께 있으면 안정감을 느낄 수 있지만, 그들의 기대와 예측범위 안에 내가 있기 때문에 그 범위를 넘어서기가 쉽지가 않다. 스스로 그 범위 안에 자신을 가두게 된다. 외적인 변화, 내적인 변화를 이뤄내기 위해서는 때로는 자신이 익숙한 범위를 벗어나야 한다. 낯선 곳으로 가야 한다. "주연이가 나중에 어떻게 살고 있는지 이야기를 듣고 싶은데…. 열심히 잘 살다가 대학생활 중에 아니면 그 이후에 한 번 이야기를 해줄래?" 그리고는 한 해, 한 해 꾸준히 연락을 해오면서 학교주변에 아무것도 없어서 운동을 한다는 이야기도, 학과에서 과대를 한다는 이야기도 전해주었는데 졸업하고 나서 결혼할 사람이라고 사진을 찍어서 보내주기도 했다. 주연이의 모습은 이전과 많이 바뀌어 있었다. "모두 선생님 덕분이에요." 자신의 인생에서 가장 잘한 것 중 하나가 상담을 받고 강원도로 간 것이라고 말하는 주연이의 모습에서 긍정적인 에너지가 느껴진다.

대학생 때 사회교육을 복수전공하면서 수강한 문화인류학 수업에서 교수님이 했던 말씀이 생각난다. "우리는 스스로의 정체성의 혼돈을 겪을 때 익숙한 곳을 벗어나 낯선 곳으로 가야 해요. 낯선 곳에서는 주변의 인식으로부터 자유로울 수 있으니 비로소 나의 실체와 직면할 수 있기 때문이죠." 당시 나 역시 익숙한 곳을 벗어나 낯선 곳으로 대학을 간 상황이었기 때문에 더 와닿는 이야기였다. 낯선 곳에 가면 나에 대해서 질문을 많이 하게 된다. 익숙한 곳에 있으면 질문을 하기보단 당연하게 생각하게 된다. 나에 대해 질문을 많이 할 때 나를 찾게 되고 나의 진짜 모습을 찾을 때 가장 나다운 멋진 모습으로 살 수 있게 된다. 대학 상담을 해줄 때 제시할 수 있는 옵션이 하나 더 늘었다. 가까운 곳에 있는 대학을 가야할지, 멀리 있는 대학에 가야 할지 고민하는 학생에게 "낯선 곳에서 진짜 네 모습을 만나보는 건 어때?"라는 질문을 던지는 것이다.

6.

미래를 향한 실용적 도약, 전문대 이야기

처음 고3 담임을 맡았을 때 현호는 전교 30등 정도는 하는 공부 잘하는 옆 반 학생이었다. 현호에게는 형이 있었는데 2년 전 같은 학교를 졸업하고 대구교대로 진학했다. 현호는 늘 형과 비교를 당했다. 현호가 공부를 잘 못할 때는 형을 닮아서 곧 잘할 것이라는 이야기를 들었다고 한다. 원치 않는 비교를 당해서 인지 늘 표정이 어두웠다. 현호는 수시모집에서 사회복지계열로 4년제를 쓰고 영진전문대 컴퓨터 응용기계학과를 썼다. 결국, 수능최저등급을 맞추지 못해 영남대는 떨어지고 계명대는 합격을 했다. 하지만 현호는 전문대에 등록했다. 형과 비교당하고 힘들어서 전문대를 선택했구나 생각하며 괜찮다고 위로를 해줬다. 그러나 현호의 인생은 그 시점부터 달라지기 시작했다. 대학에 수석으로 입학하면서 장학금을 받았고, 학교에서 지원해주는 1년간의 어학연수를 다녀온 후, 졸업도 하기 전에 대기업에 취직했다.

2019년부터 4년간 전문대 상담교사단으로 활동하며 경북을 벗어나 강원도 횡성, 경남 산청, 울산 등 전국각지를 다니면서 전문대의 강점을 소개했다. 이미 전문대에 진학한 학생들의 만족도가 높고 취업이 잘되는 것을 경험했기 때문에 자신감 있게 이야기 해줄 수 있었다. 어느 날, 한 학생이 "선생님, 집에서는 자녀들에게도 전문대를 권유하시나요?"라는 농담 섞인 질문을 했다. "당연하지!" 사실, 나는 전문대에 대한 마음이 진심이다. 나이는 많이 어리지만 셋째는 빵집 사장님이 되고 싶어 한다. 어린 아들에게 "막둥이가 전문대에서 빵 만드는 기술 배워서 맛있는 빵으로 사람들 기분 좋게 해주면 좋겠다."라고 종종 이야기한다. 만약 내가 전문대에서 강연하고 홍보 활동을 하지 않았다면, 전문대의 강점을 몰랐을 거고 아마 실용적이지 않은 막연한 진로만을 안내했을지도 모른다.

미국에서는 전문대에 해당하는 커뮤니티 칼리지가 4년제 대학 진학의 중요한 발판이 되기도 한다. 고교 졸업 후 좋은 대학에 바로 가기 어려운 학생들이나, 공부가 덜 준비된 학생들에게는 커뮤니티 칼리지 입학이 좋은 방법이 될 수 있다. 전문대에서 좋은 성적을 받으면 지역 명문 대학으로 진학할 수 있다. 이렇게 하면 대학을 진학하기도 쉬울 뿐더러 경험치를 엄청나게 늘릴 수가 있다. 미국 연수기간 중에 만난 소영이는 한국인 아빠와 루마니아인 엄마 사이에서 태어났다. 치과의사의 꿈을 가지고 공부를 했지만 바로 대학에 진학하기는 어려워 타코마에 있는 전문대학에서 생물학 공무를 마치고 서부 명문인 워싱턴대학에서 치의학을 공부하는 중이었다. 시애틀에 본사를 두고 있는 '아마존'의 경우에도 많은 학생들이 지역 전문대에서 공부한 후 워싱턴대학이나 스탠포드대학에 편입학한 다음 아마존에 취직을 한다고 하니 미국에서도 전문대의 가치가 높다고 볼 수 있다.

"상대의 모습을 내 마음대로 그려 놓고, 왜 그림과 다르냐고 상대를 비난합니다. 있는 그대로 보지 못하는 마음의 착각이 나 자신과 상대, 모두를 힘들게 합니다."

- 스님의 주례사(법륜)

7.

작은 문구의 도약: 인성교육과 진학의 연결

교실에서 맹자를 만나다

"하성우 XX"

졸업식 후 인수인계를 위해 교실 정리를 하는데 9반 칠판 한쪽 구석에 페인트로 적혀 있었다. 담임 선생님이 보기 전에 내가 본 것이 다행이었다. 여자 선생님이나 여학생들이 봤을 때는 민망할 것 같았다. 급한 대로 우리 반에 환경정리 하려고 붙여 놓은 A4사이즈 게시물로 가려보니 사이즈가 감쪽같았다.

사진은 사실 그랬다. 내가 캄보디아에서 봉사활동을 하며 화장실을 짓다가 규격이 맞지 않아 다 허물고 다시 지으라는 이야기를 들었을 때 허무함이 그대로 담겨 있었다. 새벽부터 밥도 안 먹고 만들었는데 허물고 다시 지으라는 이야기를 들었을 때는 내가 고교시절부터 힘을 얻어오던 문구가 떠올랐다.

"하늘이 장차 어떤 사람에게 큰일을 맡기려 할 때는 먼저 그의 마음을 괴롭히고, 신체를 고단하게 하며, 배를 굶주리게 하고, 생활을 곤궁에 빠뜨려 그가 더 큰 일을 해낼 수 있게 한다.”

이런 내용이라면 교육적이기도 하고 사진도 스토리가 담겨 있으니 음담패설을 가리기에는 딱 적절해 보였다.

칠판에 게시물을 붙여두었더니, 의외로 학생들뿐 아니라 선생님들까지 유심히 본다는 이야기를 들었다. 단순히 음담패설을 가리기 위한 목적이

있는데, 뜻밖에도 인성교육 효과까지 얻는 일석이조의 결과를 거두었다. 수업에 들어갈 때나 교실을 지나갈 때 학생들이 게시물의 사진과 문구에 대해 자주 이야기했다.

"저도 봉사활동을 해보고 싶어요."

"선생님 현지인 같아요."

2018년, 이과 학생 중 내신 성적이 가장 좋았던 민주가 찾아왔다. 민주의 목표는 의예과였지만, 교과전형으로 의예과에 합격하려면 수능 최저학력 기준이 관건이었다. 그런데 3월 전국연합평가에서 예상보다 낮은 성적을 받아 고민이 깊었다. 상담을 통해 민주에게 의예과 대신 한의예과를 목표로 진로를 바꿀 것을 조언했다. 처음엔 민주도 생기부에 의예과 준비 내용과 한의예과 관련 내용이 섞이면 대학에서 부정적으로 평가하지 않을까 걱정했다. "인문학적 요소를 넣고 특히 한문 공부내용을 충실히 기재하면 좋은 평가를 받을 수 있을 것 같구나." 한문선생님께도 민주가 본초학을 읽을 때 도움을 달라고 부탁드렸다. 9월이 되고 민주가 자기소개서를 적어왔는데 내가 만든 게시물의 맹자의 구절과 관련한 이야기가 있었다. 맹자의 구절을 통해 자신이 겪은 시련을 극복할 수 있었고, 이를 계기로 한의사로서의 꿈을 확고히 하게 되었다고 말했다. 이후 면접 준비까지 최선을 다해서 결국 민주는 경희대 한의예과에 합격했다.

다음은 민주 학생의 자기소개서 4번 문항을 일부 발췌한 내용이다.

4. 해당 모집단위에 지원하게 된 동기와 이를 준비하기 위해 노력한 과정을 경험을 바탕으로 구체적으로 기술해주시기 바랍니다.(띄어쓰기 포함 1,500자 이내)

맹자 속 하늘이 시련을 주는 것은 그 사람이 더 큰 일을 하게끔 하는 것이라는 구절은 제가 가장 좋아하는 구절입니다. 3학년 초 인대파열로 인한 물리치료로 힘든 시간을 보내고, 여름 즈음 교통사고를 당하였습니다. 교통사고 후유증으로 목과 허리에 통증을 겪었고, 물리치료에 많은 시간을 할애하였지만 뚜렷한 차도가 나타나지 않았습니다. 노력하면 해낼 수 있다는 자신감을 가진 저였지만, 그 시기엔 모든 걸 포기하고 싶다는 마음이 들었습니다. 그때 어머니께서 제안해주셔서 받게 된 한의원에서의 치료는 의사로서의 진로에 터닝 포인트가 되었습니다.(일부내용만 수록)

이후 한문 교과 연구회에서 인성교육 실천사례에 대한 연수를 진행하며, 인성교육과 진학지도를 연계한 사례로 이 사례를 소개했다. 선생님들의 반응이 좋았다. 인성교육과 진학을 연결시키는 접근이 의미 있게 다가왔다고 이야기했다. '교실 환경게시물도 신중하게 만들어서 붙여야겠구나.'

8.

교사의 슬기로운 고교 생활

글쓰는 교사

초등학교 4학년 때가 기억난다. 하루는 담임 선생님께서 당신의 인생을 회상하시며 "지나온 삶이 기억나지 않는다. 지나온 시간을 잃어버리지 않으려면 일기를 써라."라고 말씀하셨다. 그중 일기를 쓰라는 말씀이 가슴에 확 와닿았다. 그때부터 일기를 썼다. 한해도 빠지지 않고 일기를 썼고 일주일에 최소 3일은 일기를 썼다. 중고등학생 때 흔히 겪는 사춘기도 조용히 넘어간 것이 일기를 쓴 덕분이었던 것 같다. 일기를 쓰면서 실패든 성공이든 모든 시간들이 경험으로 남았기 때문이다.

대학생 때는 국제교류 수기 공모전, 봉사수기 공모전 등 다양한 공모전에 참여했다. 상품으로 자전거도 받고 냉장고도 받았다. 그리고 상금이 조금씩 늘어나면서 이 상금을 의미 있게 쓰고 싶다는 생각이 들었다. 그래서 후원하고 있던 월드비전의 해외 아동에게 상금의 10%를 보냈다.

군 장교로 복무할 때는 글쓰기보다 독서에 집중했다. 훈련이 많은 기갑 부대에서의 생활은 글을 쓰기에는 좋은 환경은 아니었다. 그렇지만 틈틈이 독서를 하는 것은 놓치지 않았다. 장갑차 안에서나 GOP 작전 벙커에서 주로 읽는 책이 있었다. 바로 빅터프랭클 박사의 『빅터 프랭클의 죽음의 수용소에서』라는 책이다. 스토리가 연결되지 않아도 중간중간의 한 구절구절이 마음속에 다가왔다. 최전방 GOP 벙커 작전 장교로 있을 때는 국방부 인터라넷에 올라와 있는 정신 교육자료를 받아 읽었다. 특히 삼성경제 연구소 등 여러 연구소에서 강연한 내용들이 잘 정리되어 있으니 지식을 충전하기에 좋았다. 적의 도발 징후가 없고 평화로운 시기에, 특히 많은 책과 글을 읽었다. 읽는 동안은 휴전선 근처의 공간이 조용하고 자유로운 낙원처럼 느껴졌다. 근무가 없을 때는 책을 읽고, 철책 주변 순찰을 다닐 때는 머릿속으로 읽을 책들에 대해 곰곰이 생각했다. 그렇게 정리한 생각은 틈틈이 생각을 적어놓는 노트에 정리해놨다. 시간이 흐르면서 글을 쓰는 일에 대해 자신감이 생겼다.

교사생활은 더 많은 글감을 주었다. 특히 학생들과 함께 산을 오르고, 자전거를 타고, 헌혈 활동을 하면서 보고 느낀 부분들은 교사만이 할 수 있는 경험이라 더 없이 소중했다. 특히 산과 자연이 주는 치유효과와 자연에서의 학생들이 성장한 이야기들은 성장 경험은 글로 다 담기 어려울 만큼 다양하고 깊은 이야기들이었다. '교사가 아니라면 이렇게 많은 학생들의 생각을 들어볼 수 있었을까?' 이후에 2020 교단수기 대상을 받았을 때는 후원아동을 한 명 더 늘리기도 했다. '오늘도 학생들과 소중한 시간들을 함께하고 언젠가 다시 볼 수 있게 기록으로 잘 남겨놔야겠다.'

교사예찬

퇴임 후 어떤 삶을 살겠다는 기대만으로 30년의 교사 생활을 이어가기엔 하루하루가 너무 길고, 그 시간은 다시 돌아오지 않는다. 관리자 직책을 얻으면 지금의 시간에 대한 보상을 받을 거라고 생각하며 20년을 견디는 것도, 20년이라는 긴 세월을 너무 아깝게 낭비하는 일이다. 방학만을 기다리며 나머지 9개월을 참아내는 것은, 그 9개월 동안 학교에서 보내는 시간을 고통스럽게 만들 뿐 아니라, 할 수 있는 많은 것들을 놓치게 한다. 퇴근만을 기다리며 하루를 보내는 것 역시, 내게 주어진 소중한 하루에 미안한 일이 아닐까.

나는 반대로 '출근하면 무슨 일을 할까?'를 고민한다. 학기 중에 학생들과 어떤 즐거운 일을 할 수 있을지 계획하고, 하루하루 의미 있는 시간을 만들려고 노력한다. 관리자 직책을 맡게 될지는 알 수 없지만, 교사로서, 그리고 관리자가 아닌 교사만이 할 수 있는 일들에 집중하며 최대한 많은 것을 해내고 싶다.

퇴임 후의 삶에 대한 계획이 물론 있지만, 그 이전에 교사의 특권인 학생들과의 시간을 최대한 즐기고 싶다. 나는 내일이 아닌 오늘을 살고자 한다.

4장

삶의 경험을 나누다

: 교사 성장

시간은 인생에서 가장 소중한 것이다.
왜냐하면 당신은 그것을 되돌릴 수 없기
때문이다.
- 마크 트웨인

10년 뒤의 행복을 위해 지금을 희생한다면, 이 시간은 결코 되돌릴 수 없는 후회로 남을 것이다. 학생들을 지도하는 일은 분명 보람 있지만, 교사로서 자신의 삶 또한 소홀히 해서는 안 된다. 교단에서의 시간 역시 지나고 나면 다시 돌아오지 않을 귀중한 순간들이기 때문이다.

친구들과 이야기하다 보면 종종 "교사는 안정적이고 편하지 않냐?"는 말을 듣는다. 하지만 교사의 일상은 단순히 반복적이지 않다. 매년 새로운 학생들과 만나고, 매일 새로운 과제에 직면한다. 교사는 끊임없는 변화와 도전 속에서 성장해 나가는 직업이다.

12년이 지난 지금, 스스로에게 묻게 된다. "20년, 30년 후에도 지금처럼 열정을 가지고 있을까? 지금처럼 유지하려면 어떻게 해야 할까?"

그 답은 분명하다. 학생들과 함께하는 시간은 소중하다. 하지만 교사로서 내 삶의 방향도 잘 잡고, 매 순간을 즐길 줄 알아야 한다. 그래야 그 시간이 헛되지 않고, 앞으로도 지치지 않는 열정으로 학생들을 가르칠 수 있을 것이다.

1.

꽃보다 교사의 울릉도, 독도 탐방기

1950년대, 독도를 지키기 위해 나섰던 독도의용수비대라는 작은 조직이 있었다. 그들은 나라를 사랑하는 마음으로 자발적으로 모였고, 일본의 무력 점유 시도에 맞서 독도를 지키기 위해 애썼다.

그들이 남긴 흔적은 독도의 바람과 파도 속에 스며들어 있다. 독도를 걸으며 그들의 이야기를 떠올렸다. 파도가 바위에 부딪히는 소리가 마치 그들의 목소리 같았다. 그때 깨달았다. 이 작은 섬의 아름다움은 그들의 헌신 위에 빛난다는 것을.

울릉도와 독도를 떠올리면 가슴이 뭉클해진다. 초등학교 4학년 때, 부모님이 울릉도에 다녀오신 적이 있다. 그때 집을 비우신 부모님은 돌아오면서 말린 오징어를 잔뜩 사 오셨고, 한 달 동안 반찬이 오징어였다. 말린 오징어로 이렇게 다양한 요리를 할 수 있다는 걸 그때 알았다. 부모님이 건강하시고 여행을 다니시던 시절이 그립다.

부모님은 울릉도로 가는 길이 얼마나 험난했는지 이야기해 주셨다. 배를 타고 가는 동안 대부분이 멀미를 했고, 너무 힘들어서 기둥에 부여잡고 울었다고 하셨다. 사진으로 본 울릉도의 모습은 장관이었다. 그 후 한동안 울릉도에 가고 싶어서 가는 방법을 찾아보기도 했다. 성인봉에서 바라본 독도, 항구의 아침 풍경을 담은 사진은 부모님 사진첩 제일 중앙에 있다.

대학생 때 반크에서 독도 알리기 활동을 하면서 외국에 나가기 전 독도 자료를 요청해 외국인들에게 나눠주었다. 많은 사람들이 독도를 일본의 섬으로 잘못 알고 있거나 아예 모르고 있었다. 그때 "울릉도 동남쪽 ~ ♬ ♪ ♪" 노래를 부르며 독도 알리기를 했던 일이 떠오른다.

독도 의용교사회

그러다 2021년, 코로나가 아직 완전히 끝나지 않았던 시기, 해외여행도 어려운 가운데 경북교육청에서 독도탐방단을 공모했다. '독도 의용교사회' 우리가 정한 이름이다. 학교에서 같이 근무하는 선생님들과 함께 신청을 했고 엄청난(?) 경쟁률을 뚫고 선정되었다. 사실 2018년에도 독도 탐방 기회가 있었으나 당시 고3 부장을 맡고 있어 참여하지 못했었다. 그래서인지 가기 세 달 전부터 독도를 가본다는 설렘이 넘쳤다.

100대 명산과 백두대간 산행을 즐기는 한 사람으로서 울릉도에 갈 때부터 성인봉 등반계획을 세웠다. 둘째 날 아침 같이 간 우리 4명의 선생님은 저동항에서 아침식사를 하고 KBS중개소를 거쳐 성인봉으로 향했다. 한 분의 선생님이 태연하게 "저 산행을 못할 것 같으니 그냥 세 분께서 다녀오세요."라고 하셨다. 여기까지 와서 안 가는 게 말이 되냐는, 그리고 팀장으로서 팀원을 챙긴다는 마음으로 함께 가자고 이야기했다. "저는 몸도 조금 피곤하고 숙소에서 쉬면서 울릉도의 여유를 즐겨보겠습니다." 설득이 되지 않았다. '아니 우리가 쉽게 온 것도 아니고 경쟁률을 뚫고 선정되어 지원금까지 받아서 왔는데 이 황금 같은 시간을 숙소에서 쉬면서 보낸다고?' 괜히 나의 조바심이 일어났다. 어떻게든지 설득해서 데리고 가야겠다는 생각으로 설득을 하는데 요지부동이었다. "저 정말 쉬고 싶어요." 더 말하면 의도치 않게 기분이 상할 수 있을 것 같아 더 이상 말을 아꼈다. 그제야 쉬고 싶은 선생님의 바람이 진심으로 느껴졌다. '우리의 마음을 다른 사람에게 강요하지 말자.' 사실 숙소에서 쉬면서 주변을 둘러보는 것과 성인봉을 오르는 것 중 어떤 것이 울릉도를 더 잘 탐방하는 것인지 말하기 어렵다. 오히려 느긋하게 주변을 다니는 것이 더 나을 수도 있겠다는 생각이 들었다.

하지만 성인봉을 포기할 수는 없었기에 산을 좋아하는 세 사람이 두근두근하는 마음으로 산행을 시작했다. 1000m가 안 되는 봉우리였지만 해발고도가 낮은 위치에서 출발하여 오르기가 만만치는 않았다. 울릉도에는 나무가 자라기 좋은 환경이 구비되어있어서 원시림에 가깝게 자란다고 한다. 원시림 숲을 지나 약수도 마시고 정상까지 쉼 없이 걸었다. "드디어 정상이다, 야호!!" 정상에서 느끼는 감격은 말로 표현할 수 없을 정도였다. 그리고 정상에서 바라본 동해 바다 풍경은 말로 표현할 수 없을 만큼 아름다웠다. 동해바다가 군복무 중 군사경계선(GOP)에서 느꼈던 그 느낌과 비슷했다. 외세의 침략에도 굳건히 지켜온 울릉도, 그리고 태고적 자연이 그대로 보존된 나리분지. 이곳은 관광지로서도, 대한민국의 영토로서도 충분히 매력적이었다. 뜨거운 여름 아침부터 오른 성인봉과 나리분지를 지나 천부항으로 내려가 바다에서 수영을 즐겼던 그날은 지금도 잊지 못할 소중한 추억이다.

셋째 날 독도 티셔츠를 입고 손에는 작은 태극기를 들고 배에 올랐다. 약 한 시간 반 즘 지났을까, 선장의 목소리가 들려왔다. "저기 앞에 보이는 섬이 독도입니다." 그 순간 가슴이 뭉클해졌다. 독도에 발을 디디는 순간 처음 GOP에 발을 디뎠을 때처럼, '여기가 내가 지켜야할 조국이다.'라는 생각과 왠지 모를 찡한 감정이 몰려왔다. 독도 수비대에게 인사를 건네고 위문 물품을 전달하는데, 그때의 뭉클함은 말로 다 표현할 수 없었다. 그리고 학생들에게 들려줄 이야기가 하나 더 생긴 것 같아 기뻤다.

울릉도 탐방 중 찍은 사진을 수업에 활용하면 좋겠다는 생각이 들었다. 독도로 떠나기 전 상담한 학생 중 지리학과를 희망한 세희가 떠올랐다. 세희가 관심 갖고 탐구했던 내용이 지리와 문화의 상관관계였는데 울릉도만의 독특한 문화는 세희의 탐구활동에 많은 도움이 되는 내용이었다. 울릉도 문화체험센터에서 본 자료들을 잘 정리해 주었고 덕분에 세희는 명문대 지리학과에 합격했다.

울릉도와 독도에서 보낸 시간은 자연 속에서 에너지를 얻고, 대한민국 국민으로서의 자부심과 책임감을 느낀 소중한 시간이었다. 또한, 교사가 배우고 느낀 것을 학생들에게 전해줄 수 있다는 확신을 얻은 시간이기도 했다.

2.

독일 국제교류 답사: 교육의 지평을 넓히다

네 번째 근무하게 된 학교는 독일 김나지움 뷔오거뷔제학교와 꾸준히 교류를 이어오고 있었다. 이 학교에서 근무한 지 3년째 되던 해, 국제교류 사전답사에 참여할 기회가 찾아왔다. 뷔오거뷔제학교는 작센주의 드레스덴에 위치한 수준 높은 공립학교로, 학생들의 학업 성취도가 매우 뛰어난 것으로 유명하다. 이 학교와의 교류는 포항의 모 고등학교에 재직 중이던 한 부장님이 독일과의 국제교류 필요성을 느끼고, 독일 내 50여 개 학교에 직접 연락하며 성사시킨 결과였다. 처음 포항에서 교장 선생님을 모시고 드레스덴의 이 학교로 출장 갔을 때는, 혹시 준비한 사항이 맞지 않거나 학교에서 거부 의사를 밝히면 어쩌나 하여 노심초사했단다. 아무것도 없는 상태에서 학생들에게 도움이 될 것을 생각하며 확신을 가지고 지속적으로 추진해온다는 점이 대단하다.

8박 9일간의 국제교류 답사는 뜻깊은 시간이었다. 학생들이 머물 숙소를 사전에 둘러보고, 이동 동선을 직접 확인하며 안전 문제를 점검했다. 현장에서 확인해보니, 예상했던 것과는 다른 점들이 많았다. 독일의 치안

이 좋다 해도, 번잡한 시내 구간이나 베를린–드레스덴, 드레스덴–라이프
치히의 장거리 이동 구간에서는 세심한 주의가 필요했다. 직접 경험하면
서 안전과 편의를 모두 고려해야 하는 교류 프로그램의 책임감을 다시금
느꼈다.

사전답사는 물 흐르듯 잘 진행되었다. 적어도 동료 선생님 휴대폰 분실
사건이 있기 전까지는 말이다. 라이프치히 전승기념관은 마치 영화 〈툼레
이더〉에 나올 법한 장엄한 광경을 자랑했다. 기념관 앞에는 길게 이어진
연병장 같은 장소가 있었는데, 그곳에 서 보니 마치 과거의 용감한 바이마
르 공화국 군인들이 다시 살아나 거수 경례를 할 것만 같았다. 학생들을
데리고 올 때를 고려해 이동 동선을 꼼꼼히 점검하며 둘러봤다. 답사를 마
치고 버스를 타고 라이프치히 시내의 식당으로 향했다. 전승기념관의 웅
장함에 대해 이야기하다 찍은 사진을 보여주시겠다던 동료 선생님의 얼굴
이 어두워졌다. 휴대폰이 보이지 않았다. 분명 전승기념관에서 사진을 찍
었으니, 가장 의심스러운 장소는 버스정류장이었다. 서둘러 다시 돌아갔
지만 휴대폰은 어디에도 없었다. 급히 한국으로 연락해 도움을 요청했지
만, 외국에서 휴대폰을 추적할 방법은 없다는 답변만 들었다.

근처 경찰서를 찾아 가기로 했다. 가는 길에 동료 선생님의 휴대폰 지갑
에 함께 있던 모든 카드를 막았다. 경찰서는 우리나라의 현대식 건물과는
달랐고, 들어가는 문조차 힘껏 밀어야 열릴 만큼 오래된 느낌이었다. 여기
서부터 긴 기다림이 시작됐다.

경찰서에서는 오후 6시부터 약 9시까지 무작정 기다려야 했다. 일 처리
가 매우 더뎠다. 조서를 작성하는 데만 한 시간이 넘게 걸렸고, 다행히 영

어로 진행된 대화 덕분에 상황을 이해하고 처리할 수 있었다. 그러나 분실 신고를 정확히 접수하고, 한국 보험회사에 제출할 서류를 받기까지 약 3시간이 걸렸다. 경찰서를 나서니 이미 밤 10시가 훌쩍 넘어 있었다.

이 일을 통해 중요한 교훈을 하나 얻었다. 외국에 나가기 전, 중요한 문서나 물품들은 반드시 사진으로 남겨두는 것이 필요하다는 점이다. 경찰이 우리의 진술을 바탕으로 서류를 만들어주었지만, 한계가 있었다. 정확하고 신속한 처리를 위해선 미리 준비된 자료가 큰 도움이 된다.

지금에야 웃으며 할 수 있는 이야기지만, 10월 학생 방문 때 인솔팀 선생님이 가방을 분실하셨다. 사전답사에서 경찰서 다녀온 경험이 이때 여러모로 도움 되었다고 한다. 역시 힘들고 번거로운 경험도 결국엔 유용하게 쓰일 날이 오는 법이다.

그렇게 라이프치히 일정을 마치고 메인 일정이 있는 드레스덴 뷔오거뷔제 학교로 향했다. 학교현장을 직접 3일간 보며 일정을 확인했다. 신기한 점은, 한국 선생님들도 각기 다른 성향을 가지지만, 독일 선생님들은 정말 천차만별이었다는 것이다. 찢어진 청바지를 입고 오시는 분도 계셨고 정장차림으로 근엄하게 수업에 임하시는 분도 계셨다. 우리나라는 암묵적인 교사룩 같은 것이 있는데 이곳은 그 스펙트럼이 엄청 넓었던 것 같다. 가장 놀란 점은 교무실의 선생님들 책상이 학생 책상처럼 작다는 것이었다. 우리나라처럼 서랍이나 캐비닛이 없는 대신, 이곳의 교사는 행정 업무에서 자유롭고 본연의 수업에만 집중하는 듯 보였다.

현지 학교 담당 선생님들과 소통하는 시간은 매우 소중했다. 서로 업무 이야기를 나누면서 독일의 시스템의 장점들을 확인할 수 있었다. 우리가 방문한 5월 30일은 독일 학교에서 축제가 있는 날이었다. 개교한 지 15년 정도 되었고, 이 축제는 10년째 이어오고 있었다. 특별 이벤트로 10km 기부 런(run)을 했는데, 학생들이 달리는 모습을 보고 학부모들이 기부하고, 지역 사회에서도 기부금을 모아 학생들의 장학금과 지역사회 발전에 활용하는 방식이었다. 이 기부 행사에서 3천만 원이 모였단다. 하루 행사 치고는 큰 금액이었다. 기부를 좋게 생각하는 나는 아침 일찍 일어나서 10km를 뛰고 소액을 기부했다. 운동도 하고 좋은 프로그램에도 참여하고 일석이조였다.

내가 졸업한 학교도 매년 마라톤 행사를 열었다. 학생들의 정신력과 체력을 기르기 위한 목적이었다. 하지만 이를 지역 사회 발전과 기부금 모금으로 연결하는 발상은 매우 신선하게 느껴졌다. 나중에 내가 근무하는 학교에서도 이런 기부 마라톤 행사를 시도해 보고 싶었다.

한밤중에도 독일 선생님들과의 업무 조율을 위해 채팅을 이어가는 담당 부장님의 모습을 보며, 그의 열정이 얼마나 대단한지 다시금 깨달았다. 그의 신념은 분명했다. '국제교류는 소통이다.' 어느 날 코에 휴지를 말아 꽂고 있는 모습을 보고 "피곤하시면 빨리 주무세요."라고 권했더니, 다음 날 보니 양쪽 코에 모두 휴지가 꽂혀 있었다. 반대쪽에서도 코피가 난 것이다. 쌍코피를 막아가며 새벽 두세 시까지 잠도 자지 않고 일하는 그의 모습은 진정한 프로 같았다. 세상에 저절로 이루어지는 일은 없다. 이러한 노력과 헌신이 있기에 학생들에게 도움이 되는 국제교류 프로그램을 성공적으로 정착시키고, 지금까지도 꾸준히 잘 운영해 온 것이 아닐까 싶다.

이후, 학생들이 방문할 때 오르게 될 작센스위스로 답사를 다녀왔다. 당시 교장 선생님과 담당 부장은 여건상 등반이 어려워 혼자 새벽 기차를 타고 올라갔다. 사전답사 일정 중에서 어떻게 보면 내가 잘할 수 있는 일이기도 했다. 독일 학교 선생님들과 같이 가기 때문에 당연히 안전하겠지만 한국에서 등산 경험이 많은 나로서 학생들이 따로 떨어져 있는 중 위기가 발생했을 때 자신의 위치를 정확히 전달하는 방법이 중요하다고 생각했다. 등산로의 주요 지점을 표시하는 표지판 사진을 학생들에게 미리 보여주고, 산을 오를 때 자신이 지나친 표지판에서 독일어로 표기된 지명을 확인하는 방법을 알려주면 좋겠다고 생각했다. 우리나라 표지판과는 형식이 달랐기 때문에, 학생들에게 더욱 유용할 것 같았다. 다행히 이후 학생들이 방문했을 때 별다른 사고 없이 무사히 다녀올 수 있었다. 작센 스위스는 스위스와 풍광이 비슷해서 그렇게 불린다고 한다. 산을 올라 중간중간 전망대에서 보는 풍광은 너무나 아름다웠다. 깎아지른 듯한 산세와 그 아래로 유유히 흐르는 엘베강은 한 폭의 그림 같았다. 특히 바스타이 다리(Bastei Bridge)는 동양적인 정취를 풍기면서도 신비로운 분위기를 자아냈다. 내가 방문했던 아침 7시 무렵은 안개가 자욱해 그 신비감이 더욱 배가되었던 것 같다.

외국 여행을 떠날 때, 나는 상황에 맞게 이동 수단을 선택하는 편이다. 한 곳에 오래 머물 경우 자전거를, 여러 도시를 이동해야 할 때는 등산화를 신는다. 예를 들어, 미국 연수처럼 한 달 동안 한 지역에 머무는 일정이라면 자전거가 자유로운 이동 수단으로 제격이다. 반면, 이번처럼 여러 도시를 이동하며 사전 답사를 진행하는 일정에는 등산화가 유용했다. 등산화 덕분에 작센스위스를 이른 아침에 오르며 안전하게 일정을 소화할 수 있었고, 다음 일정에 지장이 가지 않도록 새벽 4시부터 부지런히 움직여 드레스덴으로 돌아와 조식을 마친 뒤 10시부터 답사 일정에 참여할 수 있었다. 하루 동안 걸어야 하는 거리가 많았지만, 발에 무리가 많이 가지 않았던 것도 등산화 덕분이었다.

내가 남들보다 조금 잘하는 것이 있다면, 꿈꾸는 것을 시작하는 데 시간이 오래 걸리지 않는다는 점이다. 물론 가끔은 처음으로 되돌아가야 할 때도 있지만, 그 과정을 통해 새로운 경험을 쌓고 아이디어를 얻을 수 있었다. 그 덕분에 불가능해 보였던 일들도 이루어 낼 수 있었다.

"당신이 할 수 있는 것과
할 수 있다고 꿈꾸는 것은 무엇인가?
바로 그것을 시작하라.
용기 속에 천재성과 힘 그리고 마법이 들어 있다."

- 괴테

사람들과의 교류, 새로운 문화의 이해, 그리고 다양한 환경 속에서 스스로의 한계를 뛰어넘는 도전이 쌓여 지금의 내가 되었다고 생각한다.

열정 남교사의 해외 답사기

— 2006년, 유럽과 베트남 배낭여행

대학교에서 1인당 150만 원을 지원받아 4명이 한 팀을 이루어 11개국을 한 달간 여행했다. 프랑스에서 시작해 독일, 이탈리아, 베트남 등 다채로운 국가들을 방문하며 배낭여행의 즐거움을 만끽했다. 비용을 아끼기 위해 6일 동안 침낭 하나로 야외에서 잠을 잤다. 지금 생각하면 그 무모한 도전이 더 기억에 남는다. "앞으로 내 인생에서, 알프스 산맥의 목장 들판에 누워 쏟아지는 별빛을 바라보며 잠들 수 있는 날이 얼마나 더 있을까?"

— 2007년, 미국 어학연수

미주리주립대에서 6주간 어학연수와 인턴십을 경험했다. 내실 있는 프로그램도 훌륭했지만, 주말 동안 현지 친구와 함께 이틀간 미시시피강과 미주리강을 따라 이어지는 미주리 카티 트레일 50마일(80km)을 자전거로 달린 경험은 평생 잊지 못할 추억으로 남아 있다.

— 2008년, 러시아 여름학교

러시아 바이칼 호수 근처에서 3주간 여름학교에 참가했다. 브리야트 공화국 대학생들과 교류하며 몽골 씨름 대회에 참가하여 2승을 했던 경험이 특히 기억에 남는다.

– 2008년, 방일대학생대표단

28명의 대표단 단원으로 선발되어 일본에서 다양한 문화 교류 프로그램에 참여했다. 특히 일 외무성의 초대 만찬자리와 게이오대학에서 준비해 온 15분의 태권도 공연을 선보인 경험은 잊을 수 없다. 당시 효과음을 내기 위해 화약송판을 가지고 갔었는데, 화약송판이 수화물 검색을 무사히 통과한 것은 지금도 놀랍게 느껴진다. 일정 마지막 즈음, 도요타 자연학교의 노천탕에서 눈을 맞으며 보낸 시간은 그 자체로 힐링이 되는 소중한 추억이다.

– 2008년, 독일 테마 연수

보건복지가족부의 지원으로 독일의 베를린, 드레스덴, 라이프치히, 뮌헨 등지를 방문하며 통일 이후의 사회적 변화를 탐구했다. 독일의 각 지역의 역사, 문화, 정치에 대해 깊이 배울 수 있는 시간이었다. 특히 『파우스트』를 쓴 독일의 대문호 괴테에 대해서 자세히 알게 된 부분이 좋았다.

– 2009년, 한아세안 교류 프로그램

한국에서 열린 이 프로그램에서 아세안 10개국의 대학생과 청소년들과 교류하며 우리의 문화를 알리는 역할을 했다. 10명의 팀원과 함께 태권도 공연을 준비해 10개국 수백 명의 청소년 앞에서 시범을 보였던 경험이 뿌듯했다.

– 2012년, 여수엑스포 홍보 여행

20여 명의 중고등학생들과 유럽 4개국을 다니며 여수엑스포를 홍보했다. 당당하게 자국의 국제행사를 소개한 경험이 학생들에게 새로운 꿈을 열어 주었다는 점에서 더욱 뜻깊었다.

– 2012년, 브루나이 한아세안 교류 프로그램

아세안 국가들과 함께 브루나이를 방문하여 통역과 교류 활동을 맡았다. 열대 자연과 독특한 정치체계를 배우며 한층 더 넓어진 시야를 느꼈다. 통역인솔자로 고등학생, 대학생 참가자들에게 태권도를 가르치어 공연을 하기도 했다.

– 2013년, 캄보디아 해외봉사

G마켓과 코피온이 후원한 프로그램을 통해 캄보디아에서 봉사활동을 했다. 높은 경쟁률을 뚫고 참가했던 과정과 10일 동안 거의 밤을 새면서 진행한 현지 활동 모두 뜻깊은 경험이었다. 현지 학교 아이들을 가르치고 도로포장을 하고 화장실을 만들어 주기도 했다.

3.

시험 기간: 교사 성장을 위한 재충전 시간

교사에게도 힐링이 필요해

시험 기간이 되면 같은 과 선생님들과 모여 시험 문제를 검토하고, 서로의 고충을 나누는 시간을 갖곤 한다. 바쁜 일정 속에서도 이런 모임은 가볍게 웃고 떠들며 서로를 이해할 수 있는 귀중한 순간이다. 최근 영어과 선생님들과의 모임도 그랬다. 학교일 이야기에서 벗어나 뜨개질, 베이킹, 여행 등 다양한 주제로 이야기가 이어졌다. 그때 내가 불쑥 물었다. "샘, 요즘도 복싱해요?" 막내 선생님은 웃으며 대답했다. "네, 복싱 아직 해요. 보세요, 여기 근육!" 선생님들은 웃음을 터뜨리며 농담을 이어갔다. "이렇게 여린 손으로 어떻게 글러브를 껴요?" 갑자기 한 선생님이 팔을 걷어붙이며 말했다. "저 요즘 PT 받는데, 한판 붙어볼래요?" 그렇게 곱디고운 대화의 장은 순식간에 팔씨름 전장터로 바뀌었다. 결과는 어땠을까? 막내 선생님의 무한 승리였다. 같이 있던 모든 여선생님들이 다 손도 못 쓰고 속수무책으로 당했다. 여리여리한 겉모습 뒤에 숨겨진 반전 매력에 모두가 깜짝 놀랐다. 역시나 사람은 겉으로 보이는 모습만으로 판단할 수 없다. 누구나 자신만의 강점과 재능을 가지고 있고 그 장점은 때로 예상치 못한 순간에 빛을 발하기도 한다.

시험 감독 중에는 다른 일을 할 수도 없고, 앉아 있을 수도 없다 보니 시간이 유난히 느리게 흘러가는 것처럼 느껴진다. '뒤를 돌아보지 말자. 시간을 보면 더 느리게 갈 거야.' 이런 다짐을 하며 꾹 참다가도, 결국 못 참고 뒤를 돌아 시간을 확인해 보면 겨우 20분밖에 지나지 않았다. 그 순간, 마음속에 후회가 몰려온다. 마치 구약성경의 소돔과 고모라에서 나온 소금기둥이 된 것 같은 기분이다. 그래서 언제부턴가 시계를 보는 대신 학생들의 표정을 살피기 시작했다. 학생 한 명, 한 명의 표정을 읽다 보면 의외로 시간이 빨리 지나간다. 자신감 넘치는 얼굴, 조급한 기색이 역력한 얼굴, 시험에 관심이 없는 듯 멍한 얼굴까지 저마다 다르다. 그런 모습을 보고 있으면 자연스레 학생들에 대해 더 깊이 생각하게 된다. 열심히 공부한 학생을 보면 그 과정이 얼마나 힘들었을까 생각하고, 딴짓하던 학생들이 차분히 앉아 있는 모습을 보면 대견하게 느껴진다. 시험 감독의 시간은 학생들을 이해하고 공감하는 시간이 된다.

시험이 끝난 오후 시간은 마치 작은 보상을 받는 듯하다. 다른 선생님들과 운동 약속을 잡아 배드민턴을 치며 못 나눴던 이야기를 나누고, 자연스럽게 업무 협조도 이루어진다. 가끔 테니스나 등산 모임도 함께 즐기곤 한다.

2024년에는 원어민 선생님과 함께 근무하며 좋은 추억을 만들어 드리고 싶어 군위의 〈리틀 포레스트〉 촬영지와 화본역을 찾았다. 원어민 선생님은 그곳에서 화보를 찍듯 사진을 남기고, 자전거를 타며 여유를 만끽했다. 투호 던지기와 원반 던지기 같은 전통 놀이도 함께하며 즐거운 시간을 보냈다. 두 팀으로 나뉘어 게임을 했는데, 나는 원어민 선생님과 같은 팀이었지만 결과는 아쉽게도 참패였다. 농담으로 원어민 선생님을 '정신 교육'하는 척하며 웃음을 자아낸 것도 즐거운 추억으로 남았다. 초겨울에는 선생님들과 근처 캠핑장으로 향했다. 함께 뛰고 맛있는 음식을 나누며 힐링의 시간을 가졌다. 물론, 이런 여유는 출제한 시험 문항에 오류가 없을 때 비로소 가능하다. 기본을 확실히 지키는 것이 중요한 이유이며, 마음이 들뜰수록 기본부터 챙겨야 하는 이유이기도 하다.

시험 전후의 소소한 힐링과 동료 교사들과의 즐거운 교류는, 교사로서의 책임을 다하고 기본에 충실한 마음가짐을 유지하기 위한 소중한 에너지원이 된다.

시험 기간이 되면 떠오르는 사건

예전에 함께 근무했던 한 선생님이 겪은 사건이 떠오른다. 시험 중 졸고 있던 학생의 등을 토닥이며 깨웠는데, 뜻밖에도 학생이 거칠게 욕을 하고 반항했던 일이 있었다. 그 학생은 덩치가 컸고, 급기야 주먹을 휘두르기까지 했다. 옆에서 그 상황을 목격하며 가만히 있을 수 없어 학생을 제압했다. 겉으로는 순해 보이는 아이들 중에도 마음속에 깊은 상처나 억눌린 감정을 품고 있는 경우가 적지 않다. 교사로서 아이들의 상처를 마주하고, 그 마음을 보듬어야 한다는 책임감은 때로 조심스럽고, 때로는 가슴 아프게 다가온다.

학생이 교사에게 대드는 상황은 누구에게나 당황스러울 수 있다. 그런 일이 발생했을 때, 순간적으로 어떻게 대응해야 할지 막막할 때도 있다. 그러나 경험상 문제를 효과적으로 해결하기 위해 몇 가지 원칙을 세우고 이를 지킨다면, 상황을 악화시키지 않고 해결할 수 있다. 먼저, 가장 중요한 것은 단호함이다. 목소리를 높이거나 감정적으로 대응할 필요는 없다. 대신, 차분하면서도 단호하게 학생의 행동이 잘못되었음을 초기에 분명히 전달해야 한다. 학생들은 교사의 말투와 태도에서 자신이 강하게 나가야 할지, 아니면 물러서야 할지를 직감적으로 판단한다. 다음으로, 학생과의 감정싸움을 피하고 교육이 가능한 상황으로 전환할 수 있는 대화의 기술이 필요하다. 학생은 이미 감정적으로 격앙된 상태일 가능성이 높기 때문에, 그 자리에서 서로의 잘잘못을 따지려 하면 갈등이 더 커질 수 있다. 이럴 때는 기본적인 예의와 태도를 중심으로 대화를 이끌어가는 것이 중요하다. 예를 들어, "지금 네가 한 행동은 예의에 어긋난다."라고 단호하게 지적하면, 감정싸움으로 번질 수 있는 상황을 교육적인 대화로 전환할 수 있다. 이처럼 상황을 교육적인 방향으로 전환하면, 학생은 지도를 받을 준비가 된 상태가 된다. 이후에는 학생의 태도 변화를 꾸준히 관찰하며 지속적으로 지도할 기회를 만들어 갈 수 있다.

4.

영어과 연수, 삶으로 잇는 성장 여정

중등 영어교사 심화 연수의 기록

2022년, 새 학교에 발령받아 고3 부장을 맡게 되었다. 개교 후 첫 고3 학년인 만큼 부담이 컸다. 수능과 학생부종합전형을 동시에 대비해야 했기에 준비해야 할 것이 산더미였다. 고3 부장을 마친 뒤, 다음 해에도 맡을지 고민하던 중, 영어과 출신 교장 선생님께서 내게 영어 심화 연수를 추천하셨다. 이 연수는 5개월간 한국에서 집중 연수를 받고 1개월간 미국에서 진행되는 프로그램이었다. 교장 선생님께서 "다자녀 둔 애국자는 혜택을 받아도 돼!"라며 배려해 주신 덕분에, 집에서 대구까지 통근하며 연수를 받을 수 있었다. 덕분에 초등학교 1학년에 입학한 큰아들을 학교에 데려다주고 대구로 이동할 수 있었다.

연수가 시작된 첫 2주는 정말 힘들었다. 하루 종일 아침부터 저녁까지 가만히 앉아 배우는 것은 가르치는 사람 입장에서 결코 쉽지 않았다. 하지만 곰곰이 생각해 보니, 학습자의 에너지를 끌어올리지 않아도 되는 상황 자체가 스트레스를 덜 받는 일이었다.

이번 연수에는 전국에서 총 20명의 선생님이 참여했다. 경북에서 5명, 충북에서 6명, 경남에서 9명이 모였다. 각기 다른 지역에서 같은 과목을 가르치는 선생님들과 함께하다 보니, 수업 에피소드, 생활지도, 입시지도 등 다양한 이야기를 나눌 수 있었다.

연수 장소는 대구 중앙로역 근처의 연수센터였다. 봄에는 학교 일이 바빠 벚꽃 구경 한번 제대로 한 적이 없었는데, 연수 중에는 경상감영과 근대골목 주변을 천천히 걸으며 벚꽃을 즐길 여유가 생겼다. 짧지만 소중한 시간이었다.

대구에서의 연수생활도 즐거웠지만, 선생님들의 관심은 단연 1개월간 진행되는 국외연수에 쏠려 있었다. 연수 안내지에 적힌 '워싱턴주 시애틀'이라는 표현은 처음엔 다소 혼란을 주었다. 워싱턴은 미국의 수도로 동부에 있고, 시애틀은 서부에 위치해 있는데, 워싱턴주 시애틀이라니? 몇 번이나 검색하며 정확한 위치를 확인했다.

워싱턴주는 남쪽으로 컬럼비아강을 경계로 오리건주와 맞닿아 있고, 동쪽은 아이다호주, 북쪽은 캐나다의 브리티시컬럼비아주와 접해 있다. 연수 일정에는 미국 현지 학교를 방문해 수업을 참관하고, 다양한 수업 기술을 비교·분석하는 활동이 포함되어 있었다. 이를 위해 대구에서의 집중과정 동안 열심히 준비했고, 그렇게 3월과 4월의 시간이 빠르게 지나갔다.

5월의 시애틀, Tom Lee 그리고 Kevin

시애틀은 영화로도 잘 알려져 있으며, 글로벌 기업인 아마존, 스타벅스,

보잉의 본사가 있는 도시로 유명하다. 하지만 우리가 체류할 곳은 시애틀에서 차로 약 1시간 떨어진, 인구 50만의 타코마라는 도시였다. 시애틀 공항에 도착해 타코마로 간다고 하니, 공항 직원이 "타코마는 미국에서도 손꼽히는 위험한 도시에요."라며 걱정스러운 말을 건넸다. 실제로 내가 도착한 날, 홈스테이 가정 근처에서 총기 사건이 발생했다. 경찰의 폴리스라인을 보며 미국의 총기 문화를 실감할 수 있었다.

연수 기간은 물가 상승으로 인해 당초 1개월에서 약간 줄어든 26일이었다. 나는 대구 연수 기간 동안 함께했던 Roger 선생님과 같은 홈스테이와 참관학교를 배정받았다. 포항의 한 고교에서 근무하던 Roger 선생님은 이 영어 심화 연수를 인생의 큰 기회로 여기며 누구보다 열정적으로 참여했다. Roger 선생님에게는 연수 전부터 꼭 만나고 싶어 하던 Tom Lee라는 은인이 있었다. Tom은 어린 시절 미국으로 이민 간 한국계 미국인으로, 치과대학을 졸업한 뒤 카투사 군의관으로 한국에 파견되었을 때 Roger 선생님과 인연을 맺었다고 했다. 체격이 다부지고 운동을 좋아하는 멋진 군의관이었다고 회상했다. 그러나 우리가 아는 정보는 단지 그의 이름과 시애틀에서 치과의사로 활동하고 있다는 사실뿐이었다. Tom을 찾기 위한 Roger 선생님의 노력은 공항에서부터 시작되었다. 공항 직원과 현지 교직원들에게 "혹시 Tom Lee라는 치과의사를 찾을 방법이 있을까요?"라고 물어보기도 했다. 동료 선생님들과 나도 그의 간절함을 이해했지만, '이 넓은 나라에서 이렇게 적은 정보만으로 찾는 건 어렵지 않을까?'라며 걱정이 앞섰다.

그러던 중, 워싱턴주의 행정수도인 올림피아로 필드트립을 갔을 때 기적 같은 일이 벌어졌다. 주 의사당 근처에서 만난 한 한국계 여대생이 부모님이 가지고 있는 한국인 연락처 목록을 보여줄 수 있다고 말했다. 몇 통의 전화 끝에 마침내 Tom Lee가 있는 치과의 연락처를 찾아냈다. Roger 선생님은 떨리는 손으로 여대생의 휴대폰을 받아 Tom Lee와 통화했다. 통화를 마치고 Roger 선생님은 눈시울을 붉혔고, 연수에 참여한 모든 선생님들은 기립박수를 보냈다.

마침 그 주말에 시애틀로 필드트립이 계획되어 있었고, Underground Tour를 마친 뒤 Tom Lee와의 만남이 성사되었다. 34년 만의 재회였지만, 두 분은 자연스럽게 이야기를 시작했다. Roger 선생님과 가까워진 덕분에 나도 Tom Lee의 집에 초대받아 1박을 하며 그들의 옛 이야기를 듣고, 함께 웃고 울며 깊은 시간을 보냈다. 다음 날에는 Tom의 교회를 방문하고, 차량 없이는 가기 힘든 서부 해변가와 같은 명소들을 함께 둘러보며 하루를 보냈다. 그다음 주말에는 워싱턴대학교와 마이크로소프트 본사를 방문하고, 시애틀 시내를 자유롭게 다녀볼 수 있는 일정이 이어졌다. Tom Lee는 또 한 번 시간을 내어 우리를 반겨주었다. 두 번의 주말 동안 각자의 삶에 얽힌 이야기들을 나누고, 한국에서 다시 만나자는 약속을 했다. 한 번의 인연을 소중히 여기는 Tom Lee의 모습은 오래도록 기억에 남을 것이다. 이후 연수기간 중에 나 역시 18년 지기 친구 Kevin을 만날 수 있었다. 자유일정 기간에는 벤쿠버 아일랜드의 집으로 초대 받고 다녀온 경험은 평생 잊히지 않을 것이다. 연수는 배우는 과정이지만 그 과정의 핵심은 결국 사람에 있다는 것을 다시 한 번 느꼈다.

미국에서 385km 라이딩: 레이니어 산과 휘슬러에서의 짜릿한 여정

미국에서의 생활은 정말 알찼다. 나는 비행기에 자전거를 실어 미국으로 가져갔다. 자전거를 가져간다고 하니 사람들이 말렸지만, 나는 미국을 더 잘 보고 느끼고 싶었다. 연수생으로 해야 할 일정에는 당연히 열심히 참여하겠지만, 연수받는 학교를 오갈 때나 대중교통이 잘 구비되지 않은 곳으로 이동할 때는 자전거를 타며 많은 곳을 보고 느낄 생각이었다. 대학생 시절, 현지 친구와 함께 미주리의 카티 트레일을 자전거로 달렸던 경험이 떠올랐다. 그때의 추억 덕분에 미국까지 자전거를 가져갈 용기를 낼 수 있었다.

"Hi Mark, what's this? Bicycle? Oh my God!" Roger 선생님과 함께 머물게 된 홈스테이 아빠의 첫 마디였다. 자전거가 있으니 홈스테이 가족에게 픽업 요청을 덜 하게 되어 나도, 그들도 편했다. 내가 배정받은 학교에서 체험형 연수는 보통 오후 2시 반쯤 끝났다. 하루에 5시간 이상 여유 시간이 있었고, 나는 이 시간을 활용해 자전거로 곳곳을 누볐다. 집에서 학교까지 자전거로 약 40분이 걸렸는데, 이는 차로 25분 걸리는 것과 큰 차이가 없었다. 자전거 덕분에 평일 오후의 여유로운 시간에도 특별한 순간들이 많았다. 한번은 정규 수업이 끝난 후 학교 주변을 걷다가 테니스를 치는 학생들을 발견했다. 나 역시 테니스를 좋아해서 라켓을 가져갔던 터라, 마침 혼자 있던 학생에게 함께 치자고 이야기했다. "You swing like a tennis player!"라는 그의 칭찬에 머쓱했지만, 함께 테니스를 치고 음료수도 나누며 이런저런 이야기를 나눌 수 있었다. 덕분에 이민 2세대의 삶을 더 깊이 이해하게 되었다. 다른 학생들도 나와 함께 치고 싶어

했고, 단식과 복식을 즐기며 금세 어울릴 수 있었다.

주말에는 자전거를 타고 필드트립을 다녔다. 그중 가장 짜릿했던 경험은 레이니어 산 다운힐이었다. 레이니어 산은 워싱턴주에 위치한 4,392m의 활화산으로, 캐스케이드 산맥에서 가장 높은 산이자 웅장한 자연의 상징이다. 연수단을 안내해 주신 교포분이 "레이니어 산을 자전거로 오를 수 있다."는 이야기를 해주셨을 때, 나는 이미 마음속으로 자전거를 준비하고 있었다. 산에 오르기 이틀 전부터 설렘으로 잠을 이루지 못했다. 구글에서 관련 정보를 찾아보며 기대감을 키워갔다.

드디어 그날이 왔다. 자전거를 버스에 싣고 산 입구에 도착했을 때부터 내 심장은 뛰기 시작했다. 같이 간 다른 선생님들의 응원을 받으면서 짐칸에서 자전거를 꺼내어 산을 오르기 시작했다. 맑은 공기가 폐 깊숙이 스며드는 듯했고, 올라갈수록 간간히 보이는 레이니어 산 정상은 신비로움 그 자체였다. 미국 본토에서 이렇게 웅장한 풍광을 보며 자전거를 탈 수 있다는 것만으로도 감격스러웠다. 중간중간 다른 라이더들과 인사를 나누며, 미국 사람들에게 자전거를 번쩍 들어 사진 찍는 한국식(?) 포즈를 전파하기도 했다. 그들은 "Hey Mark, I can do it too!"라며 따라 하며 웃었다. 올라가는 내내 느꼈던 청량감과 내려오는 길에서의 짜릿한 속도감은 지금도 잊을 수 없다.

또 하나의 특별한 순간은 캐나다 휘슬러에서의 라이딩이었다. 휘슬러는 밴쿠버 동계올림픽 스키 경기가 열린 곳으로 유명하지만, 여름에는 자전거 라이더들의 성지로 변신한다는 사실을 그곳에서 처음 알았다. 휘슬러로 필드트립 일정이 잡혔을 때, 나는 망설임 없이 자전거를 가져가기로 결심했다. 이 선택은 정말 완벽한 신의 한 수였다.

휘슬러의 트레일은 그야말로 압도적이었다. 스키 크로스컨트리 코스를 자전거로 누비며 빙하가 녹아 흐르는 에메랄드빛 계곡과 울창한 숲을 가로질렀다. 액션캠을 자전거에 설치해 내가 달리는 순간을 그대로 담아냈다. 저 멀리 보이는 설산 정상은 한 폭의 그림 같았고, 호수 주변을 따라 달릴 때는 자연과 하나 되는 느낌이 들었다. 속도를 올리며 트레일을 질주할 때의 짜릿함, 바람을 가르며 들려오는 숲속의 소리는 그야말로 완벽했다. 휘슬러의 자유 시간 3시간이 너무나 짧게 느껴질 정도였다.

미국과 캐나다의 자전거 도로는 잘 정비되어 있었고 안전했다. 차가 다니는 길과 구분되어 자전거도로가 있었고 표지판도 곳곳에 있어 길을 찾기 쉬웠다. 팔에 문신을 하고 거칠어 보이는 운전자들도 자전거 라이더에게는 친절했다. 올림피아 근처 야생동물 보호센터로 가는 해안길에서의 풍경은 또 다른 감동이었다. 길가에 늘어선 아름다운 집들, 긴 기차가 천천히 지나가는 모습, 끝없이 이어진 트레일과 시원하게 불어오는 바닷바람은 모든 것을 하나의 생생한 다큐멘터리 영상으로 만들어 주었다.

한 달 동안 자전거로 달린 거리는 약 385km에 달했다. 풍성한 학교생활, 레이니어 산의 청량함과 휘슬러의 모험적인 트레일, 그리고 그 길에서 만난 모든 순간은 단순한 라이딩을 넘어 내 인생의 한 페이지로 깊게 새겨졌다.

미국의 교실 풍경

미국 고등학교에서 학생들과 함께한 교실 풍경은 색다른 경험이었다.

일부 학생들은 라면을 먹거나 헤드셋으로 음악을 듣는 등 상당히 자유로운 모습을 보였다. 때로는 스피커를 가져와 음악을 틀기도 했다. 처음에는 이런 행동이 교사에게 불만을 표현하려는 의도인 것처럼 보였지만, 시간이 지나면서 이것이 그들 나름의 표현 방식일 수 있다는 생각이 들었다.

특히, 수업에서 쫓겨난 학생과 교실 밖에서 대화를 나누면서 그들의 마음속에 응어리진 무언가가 많다는 것을 느꼈다. 일부 학생들은 학교에 대한 불만뿐 아니라 개별 교사에 대한 불만도 털어놓았다. 그러나 내가 관찰한 바로는 교사들이 학생들에게 강압적으로 대하지는 않았다. 문제는 학생들이 이미 학교 시스템 자체에 대한 불만을 안고 등교한다는 점이었다.

반면, 내가 방문했던 다른 기독교 학교의 학생들은 정돈된 분위기 속에서 수업에 참여하고 있었고, 태도 또한 매우 적극적이었다. 이를 보며 교육 방식에 따라 학생들의 태도와 분위기가 크게 달라질 수 있다는 점을 새삼 깨달았다.

사실, 참관을 했던 고등학교는 7년 전 발생한 총기 난사 사건으로 큰 상처를 입었다. 당시 한 학생이 수업이 끝난 쉬는 시간에 동급생들을 향해 총기를 난사한 뒤, 다른 반으로 이동해 자신이 사용한 총을 손가락에 걸고 돌리며 동료들을 조롱했다는 끔찍한 이야기가 전해지고 있었다. 이 사건을 목격한 교사 중 일부는 여전히 학교에 남아 있었다. 이후 학교는 학생들을 엄격히 통제하기보다는 자유를 존중하는 방향으로 운영 방침을 정했다.

우리나라 교육에도 시사하는 바가 크다. 현재 우리나라에서도 자유교육과 보수교육 간의 충돌과 대립이 끊이지 않고 있다. 하지만 이러한 대립 자체는 어쩌면 자연스러운 현상일지 모른다. 중요한 것은 대립이 존재하더라도 어느 한쪽으로만 치우치지 않고, 서로의 가치를 인정하며 균형을 유지하는 것이다. 그렇지 않으면 미국에서 발생했던 사례가 우리나라에서도 반복되지 않을 거란 보장은 없다.

동료 교사들과 "우리 반 학생이 수업 시간에 라면을 먹고 있다면 어떻게 대처할까?"라는 이야기를 나누었던 기억이 난다. 미국의 교실 풍경을 직접 보고 느끼며 우리 교육의 현재와 앞으로 나아갈 방향에 대해 깊이 고민해 볼 수 있는 계기가 되었다.

미국의 성적 자기 결정권과 교육 현장의 갈등

미국 홈스테이 부모인 토니와 케이시에게는 두 아들이 있다. 초등학교 4학년인 폴과 초등학교 1학년인 제이콥인데, 두 아이는 운동선수인 아빠(미식축구 선수)와 엄마(농구선수)를 닮아 힘과 운동신경이 남다르다. 특히 1학년인 제이콥은 정규 규격 농구 골대에 공을 던져 림에 맞출 수 있을 정도였다. 하루는 아침에 내가 가는 학교로 이동하는 길에, 아이들의 학교에 먼저 들렀다. 그 학교는 집에서 약 40분 거리에 있는 크리스천 학교로, 원래는 집에서 도보로 3분 거리에 있는 공립학교를 다니다가 옮겼단다. 왜 학교를 옮겼는지 궁금해서 가볍게 물었는데, 대답은 생각보다 복잡했다.

어느 날, 6학년 여자아이가 여자 화장실에서 볼일을 보던 중, 같은 학년의 남자아이가 화장실에 들어왔다고 한다. 여자아이가 나가라고 하자, 그 남자아이는 자신이 여자라고 주장하며 나가지 않았다. 당황한 여자아이가 다시 나가라고 요구하면서 소란이 커졌고, 주변 사람들이 모여들며 일이 커졌다. 누가 보아도 그 남자아이는 6학년 남자아이였지만, 자신을 여자라고 정체화했기 때문에 여자 화장실을 사용할 권리가 있다고 주장한 것이다.

이 사건은 단순한 학생 간의 말다툼 정도가 아니었다. 그 남자아이의 부모는 오히려 여자아이와 그녀의 부모를 상대로 고소장을 제출했으며, 학교 측에 전체 학생을 대상으로 성교육을 재실시할 것을 요구했다. 또한 학교는 이에 대한 명확한 입장을 표명해야 했다.

미국에서는 아이가 자신의 성을 스스로 결정할 권리가 인정된다. 이를 성적 자기 결정권이라고 하는데, 자신이 선택한 성을 인정하지 않으면 차별로 간주된다. 심지어 성전환 수술을 하지 않았더라도 자신이 여자로 정체화하면 여자 화장실이나 사우나를 자유롭게 이용할 수 있다. 홈스테이 부모는 이 문제를 매우 심각하게 받아들였다. 새롭게 교육된 내용이 아이들의 정체성을 혼란스럽게 만들 수 있기 때문이다. 아들들이 "엄마, 저 이제 남자가 아니에요. 그럼 여자인가요? 아니요, 저도 제가 누군지 잘 모르겠어요."라고 하며 며칠 동안 울었다고 했다. 장난기 많고 어리광을 부리던 아이들이 밤낮으로 혼란스러워하며 힘들어하는 모습을 본다면 어느 부모가 가만히 보고 있겠는가."

토니와 케이시는 학교 측에 "일부 학부모들이 동성애자를 인정하는 것은 이해하지만, 그것을 정상이라고 교육하는 것은 맞지 않다"고 이야기했다. 그러나 그 순간부터 학교 측의 태도가 어색하게 변했다고 한다. 아이들을 대하는 태도도 달라졌고, 부모를 대하는 태도 역시 경계하는 듯한 분위기로 변했다. 더 이상 반대 의견을 제기하면 고소를 당할 것 같은 분위기였기에 부모는 어쩔 수 없이 참고 넘어갔다고 한다. 결국, 부모는 자녀들을 크리스천 학교로 전학 보내기로 결정했다.

시애틀의 공공장소에는 세 가지 화장실이 있다. 남성, 여성, 그리고 공용 화장실이다. 그러나 공용 화장실을 이용하는 사람은 거의 없으며, 대부분 자신이 정체화하는 성에 맞는 화장실을 이용한다. 함께 연수를 간 선생님들도 화장실에 들어가기 전에 다른 사람이 있는지, 특히 남성이 있는지 먼저 확인하고 들어가곤 했다.

우리나라에서도 포괄적 차별금지법 제정을 두고 논의가 활발히 이루어지고 있다. 하지만 미국에서의 경험은 이러한 법안이 가져올 수 있는 변화를 다시금 고민하게 만들었다. 연수 중 만난 한 호주인은 차별금지법 제정 이후 뉴질랜드와 호주의 공교육이 무너졌다고 말했다. 생물학적 성과 사회적 성의 경계가 무너지고, 학생들이 혼란에 빠지면서 교육 현장에서 갈등이 심화되었기 때문이란다. 여성으로만 구성된 가정에서 자란 한 남자아이가 초등학교 6학년 때 자신의 성기를 가위로 절단했다는 이야기도 들었다. 영화 속 이야기처럼 들리지만, 실제로 일어난 사건이었다. 차별금지법에 반대하는 생각을 가진 사람들은 자신의 의견을 바꾸거나, 그곳을 떠나야 한다는 이야기도 있었다.

버스를 타고 자전거를 싣고 이동하던 중, LGBTQ 행사를 지나칠 때의 경험은 충격적이었다. 음란한 사진을 들고 트럭 위에서 성기를 드러내며 음란 행위를 하는 사람들도 있었다. 당시 도시 외곽에서 자전거를 타러 가는 길에 샌드위치를 먹고 있었는데, 그 장면을 보고 충격을 받아 샌드위치를 다 먹지 못하고 버렸다. 너무 강렬했던 장면이라 아직도 잊히지 않는다.

수업 시간에 한국과 미국의 문화 차이를 책으로 공부하고 가르쳐온 나였지만, 실제로 경험한 차이는 상상 이상이었다. 연수에서 보고 배운 것을 학생들에게 어떻게 가르쳐야 할지 고민이 깊어졌다. 올바른 가르침을 주고 싶다는 마음을 항상 가지고 있지만, 이런 상황에서는 더 큰 지혜가 필요하다는 생각이 들었다.

5.

테니스 코트 위의 성찰과 성장

자기확신의 싸움, 테니스

테니스 경기를 소개하자면 하나의 경기는 대개 3세트로 구성되며, 각 세트는 6게임을 먼저 따낸 쪽이 승리한다. 경기 중에는 서브권을 가지고 있는 서브 게임과 상대의 서브를 리턴하는 '리턴 게임'으로 나뉘는데, 자신의 서브 게임에서 패배하는 것을 '브레이크를 당했다'고 표현한다. 교사로서, 아니 인생을 살아가면서 우리는 종종 반드시 이겨야 하는 서브 게임과 같은 중요한 순간을 맞이하게 된다. 만약 그 서브 게임에서 브레이크를 당한다면, 다음 게임은 반드시 이겨야만 한다. 예를 들어, 게임이 5:5로 팽팽하게 진행되는 상황에서 내 서브 게임을 잃었다면, 상대방 서브 게임을 반드시 따내어야만 타이브레이크로 넘어갈 수 있다.(타이브레이크에서는 양쪽이 서브를 두 번씩 주고받으며, 먼저 7점을 획득한 쪽이 승리하게 된다.)

5:6으로 뒤지고 있는 상황에서, 상대의 강한 서브를 받아야 하는데, 40-15로 상대에게 밀리고 있다면, 그 순간에는 연속으로 4개의 포인트를 따내야 겨우 타이브레이크에 도달할 수 있다. 이럴 때, 지고 있는 선수에

게는 두 가지 선택밖에 없다. 포기하든지, 아니면 이길 수 있다는 자기 확신을 가지고 하던 대로, 아니 조금 더 강하게 맞서 싸우는 것이다. 테니스에서는 단순히 공을 넘기기만 해서는 절대 이길 수 없다. 강력한 샷을 자신 있게 쳐내야만 상대를 압도할 수 있다. 즉 이기고 지느냐는 강한 확신을 갖느냐의 문제로 귀결된다.

지고 있는 상황에서, 자신의 샷을 자신 있게 쳐내는 것은 쉽지 않다. 특히, 40-15로 밀리는 상황에서 4개의 포인트를 연속으로 따내야 한다면 더욱 그렇다. 설령 그렇게 해서 타이브레이크에 도달한다고 해도, 결국 타이브레이크에서 질 수도 있다. 그러나 그 순간에 강력한 의지와 확신이 없다면, 자신의 샷을 제대로 쳐낼 수 없다. 그러나 그 순간 강한 의지와 확신이 없다면 자신의 샷을 제대로 쳐낼 수 없다. 그 확신은 결국 이전에 얼마나 충실히 연습했는지, 인생으로 비춰보면 하루하루를 어떻게 살아왔는지에 따라 달라진다.

매일매일을 충실하게 살아가는 것이 중요한 이유가 여기에 있다. 열심히 살아온 날들이 쌓여 있을 때, 위기의 순간에서 자신감 있게 칠 수 있는 확신이 생긴다. 테니스 경기를 보다 보면 이러한 상황에서 역전하는 경우를 종종 보게 된다. 이러한 기적을 이끌어내기 위해서는, 지금의 하루하루를 꾸준히, 최선을 다해 살아가야 한다. 그리고 매순간 자기 확신을 가지기 위해서 노력해야 한다.

테니스 인생학교

매주 금요일 선생님들과 함께하는 테니스 모임은 단순한 운동 모임을 넘어, 인생의 많은 가르침을 주는 하나의 인생 학교와도 같다. 은퇴하신 교장 선생님들, 현직에 계신 경험 많은 선생님들이 해주시는 말씀을 듣다 보면 테니스 경기 이상의 인생 단면들을 생각하게 된다.

테니스 경기에서, 하나의 포인트에 여러 의미를 부여하게 될 때가 있다. 예를 들어, 40-15로 앞서고 있으면서도 한 포인트를 놓치면 경기 전체를 질 것 같은 불안감이 들기도 한다. '이 작은 것조차 해내지 못한다면 더 힘든 상황은 어떻게 감당할 수 있을까?' 하는 생각으로 의미를 확장하기도 한다. 하지만 결국, 테니스를 통해 내가 배운 것은 '현재의 한 포인트에 집중하자.'는 것이다. 너무 많은 것을 계산하지 말고, 지금 이 순간의 한 포인트에 집중해야 한다. 이기고 지는 것은 순간의 집중력에 달려 있다.

살다 보면 '미움받을 용기'가 필요하다는 생각을 하게 된다. 점점 더 많은 사람들과 관계를 맺으며, 사랑받으려는 욕구와 미움을 피하려는 태도가 스스로를 속박하게 만든다. 타인의 비위를 맞추기 위해 결정을 미루거나, 갈등을 피하려고 자신의 의견을 제대로 표현하지 않으면 일시적인 평화는 얻을지 몰라도 결국 나 자신을 잃게 된다. 그럴 때 평화는 오래가지 않는다. '내 샷을 치라.'는 말은 이러한 삶의 태도와 닮아 있다. 테니스 복식은 팀 경기이면서도 철저히 개인 경기이다. 이를 인생으로 확장해 보면, 인생에서도 자신만의 신념을 잃지 않고 그 길을 끝까지 고수해야 한다.

20대와 30대에 사람들은 나를 보고 나이에 비해 넓은 마음과 여유가 있다고 칭찬하곤 했다. 군대 장교 시절, 한 소대원이 발목을 절단해야 할 위기에 처했을 때 나는 침착하게 대처하여 그를 건강히 전역시켰다. 자살 우려가 있던 소대원을 세심히 관리해 무사히 전역하게 했고, 6개월 뒤 그가 건강한 모습으로 피자를 사 들고 찾아왔던 기억은 지금도 군 생활의 영웅담으로 남아 있다. 그 시절, 나는 아무것도 가진 게 없었기에 그저 열심히 최선을 다해 살았다. 하지만 시간이 지나면서 쌓여온 경험과 성과들이 오히려 내 마음을 좁아지게 만들었다. 앞선 성과를 움켜쥐려는 마음이 나를 위축시킨 것이다. 테니스에서도 비슷한 경험을 한다. 40-15로 앞서 있을 때, 이를 지키려 소극적으로 스트로크를 치면 금세 상대에게 주도권을 빼앗기고 만다. 반면, '이제 시작이다.'라는 마음으로 내가 원하는 샷을 자신감 있게, 강하게 치면 그 게임은 훨씬 수월하게 이길 수 있다. "이기고 있을 때 조금만 방심하거나 소극적으로 대처하면 금방 따라잡힌다. 딸 수 있는 한 포인트를 놓치면 두 포인트를 잃는 것과 같다." 테니스도 그렇고, 인생도 그렇다. 내 것을 움켜쥐려는 순간, 모든 것이 멈춰버린다. 마음의 여유를 잃지 않고 자신 있게 나아갈 때 비로소 새로운 가능성과 기회가 열린다.

실패의 기록, 성장의 기록

"당신의 하루는 어떠한가요? 평범한 하루도, 기록하기 시작하면 특별한 이야기가 됩니다."

18살부터 21년간 무려 47권의 일기를 쓴 김애리 님은 이렇게 말했다. 글쓰기는 평범한 일상을 특별하게 만든다. 소소한 일상부터 기록하다 보면 삶이 안정되기 시작하고, 그 안정된 삶 위에 우리가 꿈꾸는 삶을 쌓아 올릴 수 있다.

기록은 나에게도 특별하다. 특히 테니스를 치며 그 가치를 자주 실감한다. 테니스는 점수로 승패가 명확히 드러나는 경쟁적인 운동이지만 내가 느끼는 테니스의 가치는 점수 너머에 있다. 경기를 마친 뒤, 잘한 점과 부족한 점을 기록하기 시작하면서부터다. 이겼을 때의 기쁨만큼 졌을 때의 배움을 적어 두다 보니, 점수는 더 이상 나를 좌우하지 않는다. 오히려 졌을 때의 기록이 나를 성장시킨다. 기록의 힘은 단순하다. 실패를 객관적으로 바라보고, 그것에서 배움을 발견하게 만든다. 이러한 사고는 긍정적인 태도를 낳는다. 테니스에서뿐만 아니라 삶에서도 그렇다. 실패는 두려움이 아니라 배움으로 다가온다.

물론, 실패는 여전히 어렵다. 하지만 내가 배운 건 이것이다. 실패의 기록이 쌓일수록 나는 더 큰 도전도 두렵지 않게 된다.

6.

교육대학원: 교사, 배움과 교류로 성장하다

배움으로 빚어지는 교사 여정

교사의 길은 끊임없는 과제의 연속이었다. 하지만 그 과정에서 배움과 성장이 있었다. 교과 지도뿐만 아니라 생활지도, 진로지도, 진학지도까지 챙기다 보면 정작 가장 중요하게 생각해야 할 교과 준비에 소홀해질 때가 있었다. 그러던 중, 영어교육이라는 전공 분야에 대해 더 깊이 공부하고 싶다는 마음이 커졌다. 특히 학부 시절 관심을 가졌던 영문학을 다시 배우고 싶다는 열망이 생겼고, 결국 방학 중 한국교원대학교 영어교육과 석사 과정에 등록했다.

10여 년 동안 새로운 배움 없이 내가 가진 것들만 활용하며 시간을 보내다 보니 점점 고갈되고 있다는 느낌이 들었다. 그러나 대학원에서 온라인과 오프라인 수업, 그리고 과제를 통해 다양한 문학작품을 배우고, 그 배움을 수업에 어떻게 활용할지 고민하면서 내면의 갈증이 채워지는 충만감을 느꼈다. 마치 오래 기다린 단비처럼, 배움의 과정은 나를 다시 움직이게 하는 동력이 되었다.

고3 부장을 맡아 3학년 학생들을 지도하다 보니 여름방학은 쉴 틈이 없었다. 대학원 수업을 듣는 한편, 학생들의 생활기록부 기재를 마무리해야 하기 때문이다. 자정까지 대학교 도서관에서 과제와 학생 자료를 정리하고, 새벽까지 생활기록부 작성을 이어가며 다시 수업을 들으러 가는 일이 반복되었지만, 그 시간이 나에게 오히려 힐링이었다. 늘 익숙한 학교를 벗어나 새로운 공간에서 작업을 하니 능률도 오르고, 무엇보다 혼자만의 시간을 통해 내면이 채워지고 단단히 다져지는 경험을 했다.

대학원에서 특히 좋았던 점은 전국 각지의 다양한 학교에서 온 선생님들과 교류할 수 있다는 것이었다. 교사로 일하다 보면 주로 가까운 동료들과 이야기를 나누게 되는데, 업무와 현실적인 문제에 얽매여 서로의 삶을 충분히 이해하거나 새로운 관점을 얻기 어렵다. 그러나 다른 지역의 선생님들과 대화하면서 신선한 통찰과 아이디어를 얻을 수 있었다.

예를 들어, 국제교류 활동에 참여한 학생들의 생활기록부 기재 방법을 고민한 적이 있었다. 해외 경험 자체를 기록할 수 없었기 때문에 의미 있는 활동을 어떻게 학생부에 담아야 할지 막막했다. 그러다 대학원에서 세종 국제고 선생님과 이야기를 나누며 해결책을 찾았다. 그 학교는 국제교류를 떠나기 전 학생들이 배우는 언어, 문화, 역사 학습 내용을 탐구 보고서로 작성하고, 이를 생활기록부에 기재한다고 했다. 이 방식은 규정에도 맞고, 학생들에게도 유익한 아이디어였다.

대학원에서 영어 수업 방식이나 각 학교의 독특한 프로그램을 공유하는 것도 큰 의미가 있었다. 교사는 끊임없이 성장해야 한다. 학생들이 계속해서 성장하고 있으며, 그들이 살아가는 시대는 빠르게 변화하고 있기 때문이다. 교사가 배우고 성장하는 과정은 고독할 때도 있지만, 그 시간을 견디며 나 자신을 채워가는 동안, 학생들에게 전해줄 이야기가 풍성해지고, 더 나은 도움을 줄 방법이 보이기 시작한다.

벌써 다음 학기가 기대된다. 이번에 신청한 두 과목의 교육학 수업을 통해 학교 현장에서의 고민을 더욱 깊이 탐구할 수 있을 것이다. 분명히 바쁠 테지만, 그 시간을 통해 더 발전할 나와, 함께 성장할 선생님들을 응원한다. 교사로서 배우고, 성장하는 여정은 멈추지 않는다.

7.

영어 원서 읽기: 전공분야 깊이 더하기

원격수업의 기억(온라인) - 코로나19

코로나19가 대구와 구미 지역을 강타하던 시기, 모두가 혼란스러운 상황에 직면했다. 그날도 여느 때처럼 나는 시골집에서 자전거를 타고 구미로 향하고 있었다. 왕복 3시간이 걸리는 이 여정은 나에게 고요한 시간을 보내며 생각을 정리할 소중한 기회였다. 오후 한 시쯤, 자전거 페달을 밟고 있을 때, 전교사 비상소집 문자가 왔다. 군 장교 복무를 하던 시절, 북한의 천안함 폭침과 연평도 포격 도발, 김정일 사망 등 굵직한 사건들을 겪으며 여러 번 소집령을 받았었지만, 교사가 된 후에 이런 상황을 맞이할 줄은 몰랐다. 급히 학교로 돌아가니 교장 선생님과 대부분의 선생님들이 이미 모여 계셨다. 교사들 사이에서는 웅성거림이 가득했고, 긴장한 표정들이 역력했다. 교장 선생님이 조용히 말문을 여셨다. "우리 학교가 도내에서 최초로 실시간 쌍방향 원격수업을 시도하려고 합니다. 어제 3학년 부장 선생님과 함께 줌 프로그램과 아이캔노트를 활용해 시범 수업을 해 보았습니다. 또한, 스마트 칠판을 어떻게 수업에 활용할지에 대해서는 전문가가 직접 설명해 줄 예정입니다." 교장 선생님의 말씀이 끝나자마자 교사들 사이에서는 다시금 수군거림이 일었다. "정말 우리 학교는 항상 일이 많다니까. 이유야 어찌 되었든, 우리는 항상 무언가를 해내야 해."

　예고대로 개학이 연기되고 원격수업으로 대체되었다. 주변 다른 학교들은 과제를 내주고 확인하는 방식으로 수업을 대신했지만, 당시 내가 근무한 학교는 전자칠판을 비롯한 다양한 인프라와 사전 연수를 통해 기술적으로 충분히 준비되어 있었기에 실시간 온라인 수업을 빠르게 시작할 수 있었다. 덕분에 원격수업은 곧 새로운 일상으로 자리 잡게 되었다.

　코로나19로 인해 일상적인 학교생활에도 많은 변화가 생겼다. 특히 점심시간에는 철저한 관리가 필요했다. 선생님들 간에도 식사 시간에 거리두기를 철저히 지켜야 했다. 이렇게 된 김에 뒷산에 올라가 점심을 먹으며 줌 수업을 준비하기로 했다. 마치 소풍을 떠난 듯한 기분이 들었다. 도시락을 싸서 산에서 먹는 점심은 그 어느 때보다 꿀맛이었다. 고3 학생들과 함께하는 수업이라 특별한 교구가 필요하지 않았다. 강의하고 영어 문제를 풀이하며 수업을 진행하기에 충분했다. 자연 속에서 열린 그날의 수업은 성공적으로 마무리되었고, 학생들은 색다른 환경에서 수업을 듣는 경험에 흥미를 느꼈다. 산과 학교, 온라인과 오프라인을 넘나드는 새로운 시도는 내게도 신선한 자극이 되었다.

　이후 학생들은 또 다른 요청을 해왔다. "선생님, 자전거 타고 다니면서 보신 풍경들, 우리에게도 보여주실 수 있나요?" 그 요청에 몇 개월 뒤 실제로 자전거 라이딩을 하면서 찍은 영상을 자료로 만들어 학생들에게 보여주었다. 그렇게 바쁘고 정신없던 한 해는 결국 새로운 경험과 추억으로 가득 채워졌다.

그렇게 시간이 흘러 드디어 학생들이 마스크를 쓰고 학교에 돌아왔다. 마스크를 쓴 채로 학교에 돌아온 학생들이 안쓰러웠지만, 무사히 돌아와 준 것만으로도 너무나 감사했다. 코로나19라는 유례없는 상황 속에서 능동적으로 대처하고 새로운 환경에 적응한 덕분에 이제는 줌을 활용한 다양한 수업을 능숙하게 해낼 수 있게 되었다.

코로나19 속에서 꽃피운 영어 원서 읽기 수업

차를 정비소에 맡겨야 했다. 하지만 정비소가 먼 곳에 있어 택시를 타고 돌아오려니 3만 원이 든다는 사실을 알게 됐다. 순간, '자전거를 차에 실어가서 올 때는 자전거를 타고 오면 되겠다.'라는 기발한 생각이 떠올랐고, 스스로 뿌듯했다.

그러나 현실은 달랐다. 매서운 겨울바람이 불었고, 장갑을 챙기지 않아 손이 시렸다. 자전거를 차에 싣는 데만 집중한 나머지, 정작 추운 날씨에 자전거를 타고 돌아올 준비는 전혀 하지 않았다. 따뜻한 옷이나 방한 장비는 챙기지 않은 채, 그저 '좋은 아이디어'였다는 사실에 만족했던 것이다. 결국, 얼어붙은 손을 비비며 추위 속에서 집으로 돌아왔다. 이 경험을 통해 문제를 해결하는 과정에서 '조금 더' 신경 쓰는 것이 얼마나 중요한지 깨달았다. 자전거를 싣고 간 것까지는 좋았지만, 한 걸음 더 나아가 겨울철 라이딩을 준비했더라면 완벽했을 것이다. 이후 '조금 더 신경 쓰자.'라는 다짐은 수업과 교육 활동에서도 중요한 원칙이 되었다.

코로나19 팬데믹은 학교 현장에 새로운 방식의 교육을 요구했다. 학생부종합전형 준비는 여전히 중요했고, 이를 지원하기 위해 온라인 영어 원서 읽기 수업을 기획했다. '위기를 기회로 만들자'는 마음으로, 학생들이 책을 읽으며 어휘를 검색하고 작문 활동을 병행할 수 있도록 설계했다. 첫 책은 조지 오웰의『1984』였다.

팬데믹으로 인해 모든 일상이 통제받는 현실은 소설 속 '텔레스크린'의 감시와 맞물려 학생들에게 강렬한 인상을 남겼다. 오프라인에서는 시도하기 어려웠던 토론을 추가하기로 했다. '공공선을 위해 개인의 자유를 침해할 수 있는가?'라는 주제를 놓고 학생들은 열띤 토론을 벌였다. 원래 1시간으로 계획했던 토론이 2시간 이상 이어질 정도로 몰입도가 높았다. 단순히 수동적으로 적응하는 것이 아니라, '조금 더' 신경 써서 도전에 맞섰을 때, 팬데믹이라는 위기가 오히려 새로운 배움의 가능성으로 피어났다.

영어로 성경 읽기

교회에서 영어 성경을 가르치는 일은 나에게 또 다른 의미 있는 경험이다. 학교 수업도 바쁜데, 주변에서 "뭘 그리 바쁘게 사냐?"는 말도 듣는다. 하지만 교회학교에 봉사는 내게 힐링이 된다. 돈을 받지 않고 순수하게 시간을 내어 봉사하는 일이기 때문에 더욱 값지고 뜻깊다.

처음 내가 맡은 영어 성경부 클래스에는 다양한 연령대의 사람들이 모였다. 중학생부터 60대 할머니까지, 모두가 같은 자리에서 요한복음을 영어로 읽는다. 영어를 처음 접하는 60대 할머니는 "성경이 너무 좋아서 영어로도 공부해 보고 싶다."라고 하시며 수업에 오셨다. 한 번은 내가 할머니께 "그냥 우리말 성경 공부반에 가시는 게 더 좋지 않을까요? 여긴 수업이 좀 어려울 수 있을 것 같은데요. 계속 참석하실 수 있으시겠어요?"라고 물었다. 그러자 할머니는 웃으시며 "내가 영어는 안 배웠어도 외국도 몇 번 다녀왔고, 나이가 들다 보니 세상 돌아가는 건 좀 알겠더라고. 내 걱정 말고 그냥 하던 대로 수업해. 열심히 따라가 볼게."라고 하셨다.

이 할머니 권사님은 매번 떡이며 과일을 들고 오셔서 수업 중간에 유머와 엉뚱한 말씀으로 분위기를 풀어주셨다. 진도가 너무 빠르면 적절하게 조절해 주시기도 하니 참 든든했다. 학교에서 열심히 공부하는 학생들 역시 이 수업을 통해 다양한 어휘를 배우고, 여러 가지 학교 일로 지쳐 있을 때 오히려 여기서 위로받기도 했다.

3년 전부터는 초등학생을 가르치는 영어 성경 클래스를 시작했다. 확실히 아이들이 배우는 속도는 어른들과는 다르다. 아이들은 스펀지처럼 흡수하는데, 그 속도가 정말 놀랍다. 처음에는 자신 없다는 태도를 보이는 아이들이 많았다. "선생님, 저 영어 진짜 못해요."라며 말하곤 했는데, 수업을 계속 들으며 영어에 자신감이 생겼다는 아이들이 많아졌다. 실제로 성경 말씀을 영어로 암송하다 보니, 아이들의 생활이 균형 잡히고 영어 실력도 빠르게 향상되었다. 매년 열리는 영어 성경 암송 대회에, 우리 클래스에서 영어 성경을 암송한 지 2년 차인 한 민주가 올해 출전했다. 대회를 준비하며 매주 30분씩 직접 지도했고, 주중에는 온라인으로 추가 수업을 진행했다. 가끔은 내가 아이를 가르치는 건지, 아니면 아이와 함께 공부하며 내 실력이 느는 건지 모를 정도로, 아이들은 놀랍도록 잘 배웠고 질문 하나하나가 날카로웠다. 성경은 수많은 사람이 개정판을 내며 다듬어 온 최고의 영어책이자 영원한 베스트셀러다. 성경 말씀을 배우다 보면 지혜도 자라고 영어 실력도 자연스럽게 향상된다. 민주는 아쉽게 전국대회 입상은 못 했지만, 영어 실력은 물론 자신감도 얻었다. 주중에 아무리 일이 바쁘고 힘들어도 이 사명을 놓을 수 없는 이유가 바로 아이들을 가르치면서 느끼는 보람에 있다.

8.

운동이 가르쳐주는 화합과 성장의 가치

쐐기가 문틀에 박혀 있을 때, 쐐기를 억지로 빼내려고 하면 오히려 더 깊이 들어가고, 빼내기 더 어려워진다. 이 쐐기를 빼내는 가장 좋은 방법은 쐐기 위에 새로운 못을 박아 방향을 바꾸는 것이다. 그러면 박혀 있던 쐐기가 튕겨 나가고, 새로운 못이 들어가게 된다.

지금 상황이 힘들다면 "나쁜 건 잊어버리고 좋은 것을 생각하자."라며 억지로 자신에게 익숙하지 않은 일을 강요하기보다는, 자신이 잘하고 좋아했던 것 중에서 조금 방향을 틀어 시도해 보는 것이 좋다. 나에게는 그것이 운동이었다. 내가 좋아하고 지속할 수 있는 운동에 의미를 더 부여하며 꾸준히 하다 보니, 어느새 긍정적인 변화가 일어났다. 운동은 단순한 취미가 아니라 삶을 변화시키는 도구다. 몸과 마음이 지쳤을 때, 좋아하는 일을 통해 방향을 조금 틀어보는 것이 얼마나 큰 변화를 불러오는지 깨닫게 된다.

교사 배드민턴

학교생활을 하다 보면 선생님들 간에도 의견 차이로 갈등이 생기기 마련이다. 각자의 교육 철학과 방법이 달라서 아이들을 가르치는 과정에서 충돌은 피할 수 없는 일일지도 모른다. 2년 전, 교감 선생님과 봉수 선생님 사이에도 그런 갈등이 있었다. 두 분이 함께 있으면 어색한 분위기가 감돌았고, 대화 중에도 종종 뾰족한 말들이 툭툭 튀어나와 주변 사람들을 불안하게 만들었다. 큰 언쟁이 일어날 것 같아 조마조마할 때도 있었다.

봉수 선생님과는 2022년부터 배드민턴을 함께 쳐왔다. 금요일 4교시 수업이 없어 점심을 일찍 먹고 점심시간 동안 배드민턴을 즐기곤 했다. 왕년에 배드민턴을 좀 치셨다는 교감 선생님도 몇 차례 "나도 한번 같이 치고 싶다."라고 말씀하셨는데, 드디어 오셨다. 봉수 선생님과 교감 선생님으로 인해 어색한 분위기가 만들어졌다. 두 분이 같은 편이 될 때면 경기장은 묘한 긴장감으로 가득 찼다. 내가 상대편임에도 불구하고, 두 분이 다투지 않고 팀워크를 발휘하길 바라는 마음이 컸다. 과연 두 분은 다투셨을까? 그 뒤로는 한 번도 다투는 일이 없었다. 운동의 매력은 바로 여기에 있다. 한 팀이 되어 서로 포인트를 따면 함께 기뻐하고, 실수하면 함께 아쉬워하면서 자연스럽게 동료애가 싹튼다. 배드민턴을 몇 번 더 치면서 두 분의 관계도 회복되기 시작했다. 함께 식사도 하고, 속 깊은 이야기를 나누며 서운했던 감정을 털어낼 수 있었다. 서로를 배려하고 이해하는 대화가 오갔고, 일상에서도 챙겨주는 모습들이 보였다. 덕분에 배드민턴 모임도 더욱 활기를 띠게 되었다.

학교에도 다른 사회와 마찬가지로 다양한 갈등이 존재한다. 전교조와 보수 간의 의견 대립, 세대 차이로 인한 옛날 교사와 MZ 세대 교사의 갈등 등 여러 차원이 있다. 내가 기억하는 가장 치열했던 갈등은 2017년 학교 내 특별반 존폐 문제를 두고 벌였던 도서관 끝장토론이다. '학생들을 성적으로 나누는 게 옳지 않다.'는 전교조 출신 선생님들과 '대학 진학을 위해 특별반이 필요하다.'는 3학년부 선생님들의 의견이 격렬하게 맞섰다.

상대 측 발언이 나올 때마다 몇몇 교사들이 자리에서 일어나며 언성을 높일 정도로 뜨거운 논쟁이었지만, 오히려 그 열정적인 대화가 학교를 더 건강하게 만들었다고 생각한다. 토론이 끝난 후에는 더 이상의 다툼이 없었고, 서로의 생각을 이해하고자 최선을 다해 토론했기에 결국 공통된 결론에 도달하게 되었다.

이처럼 치열한 논쟁에도 오해나 상처가 남지 않았던 데에는 배드민턴 동호회의 역할이 컸다고 생각한다. 전교조 선생님 두 분과 3학년부 선생님 네 분 모두 배드민턴 동호회에 속해 있었다. 복식 게임은 팀워크를 다지는 데 최고의 방법이었다. 함께 포인트를 따면 기뻐하고, 실수하면 아쉬워하는 과정에서 서로의 자연스러운 모습을 마주할 기회가 생겼다. 그 과정에서 가식 없는 감정들이 드러났고, 결국 더 나은 관계로 발전할 수 있었다.

이런 경험은 학생들과의 관계에서도 마찬가지다. 학생들과 함께 배드민턴이나 탁구를 치다 보면 자연스럽게 친밀감이 형성된다. 같은 편이 되어 협력하고 경쟁하는 과정에서 이전에는 서먹했던 관계도 가까워지고, 함께 살아가는 법을 배운다. 운동을 통해 학생들도, 교사들도 그렇게 성장해간다.

교사 등산 동아리

교사 소진이라는 말을 처음 들은 것은 대학원 논문을 쓰던 친구가 설문을 부탁하면서였다. "용기샘, 부탁 하나만 할게. 샘도 교사 소진 같은 걸 느끼나요? 전혀 안 느낄 것 같지만, 연구를 위해서 내 예상과 맞지 않는 데이터도 피할 수 없어서 물어보는 거예요." 그때만 해도 '교사 소진'이라는 개념은 낯설었지만, 최근 서이초 사건 이후 교권 침해 문제가 크게 부각되면서, 교사들이 겪는 소진 문제에 대한 관심도 더욱 커진 것 같다. 요즘 학생들이 교사를 어떻게 바라볼까? 확실한 것은, 예전에는 선생님들이 교권을 확실히 지니고 있었고, 학생들 앞에서도 당당해 보였다는 점이다. 어린 시절에는 선생님이 학생들을 체벌하는 일도 흔했었다. 중학교 2학년 때, 학교 테니스장 근처에 텃밭을 가꾸던 기억이 난다. 그곳에 호박을 심고 거름을 주는 모든 작업은 학생들이 담당했으며, 호박을 잘 가꾸는 정도가 기술 교과의 수행 평가 점수에 반영되었다. 조금 게으름을 피우다 호박이 시들어 죽기라도 하면 몽둥이를 맞을 각오를 해야 했다. 가을에는 친구들과 함께 벼를 베는 봉사활동을 했는데, 학교 밖에 있다는 것에 기분이 좋았다. 장난치며 노는데 선생님이 오셔서 조용히 일하라고 하셨다. 나름대로는 차분하게 대답했다고 생각하지만 뒤에 친구들 말을 들어보면 말없이 약간 고개만 숙인 내 태도가 조금은 반항적으로 보였다고 했다. 그러자 기술선생님은 낫을 들고 와서 "한 번 더 그러면 혼난다"고 경고하셨다. 물론 날 부분으로 날 때리진 않으셨겠지만 그 순간 섬뜩한 기분이 들었다. 요즘 같으면 아마 난리 났을 것이다. 그때는 그런 시절이었다. 그 당시 선생님은 교실에서 왕과 같은 존재였다. 당연히 교권도 높았다.

교사가 된 후 학교에서 만난 선생님들 중 많은 분들이 지쳐 있었다. 가장 큰 이유는 학생들, 학부모들 대하기가 힘들어졌다는 것이다. 교사에게도 쉴 시간이 필요했다. 교사동아리는 교사들에게 활력소가 되었다. "선생님들이 건강하고 행복해야 학생들도 행복하다."는 교장 선생님의 탁월한 철학 덕분에, 선생님들끼리 소통도 하고 힐링도 할 수 있는 장치가 마련된 것이다. 2020년에는 오랫동안 참여하고 싶었던 등산 동아리에 드디어 들어갔다. 매년 약 10명의 교사들이 모였는데, 2020년에는 더 많은 선생님들이 함께했다. 연배가 많으신 부장 선생님의 추천 덕분에 동아리 회장까지 맡게 되었다.

그러나 갑작스럽게 코로나19가 심각해지면서 1학기 등교 일정이 미뤄졌다. 이전에 해보지 않았던 비대면 수업을 준비해야 했고, 마스크를 벗지 못하는 상황에서 선생님들의 피로는 극에 달했다. 아이들도 힘든 건 마찬가지였다. 학교에 나오지 않는 것도 점차 자연스러워졌다. 학생들이 나오지 않는다고 뭐라 할 수도 없었다. 학생들이 학교에 나와 주기만 해도 감사할 정도였으니 생활지도가 제대로 될 리 없었고, 이 모든 것이 선생님들의 체력소진, 열정소진으로 이어졌다. 지친 선생님들이 어디론가 떠나고 싶은데 그것조차도 힘들었다. 다행히 조금 완화되어 드디어 첫 번째 활동으로 학교에서 약 30분 거리의 제석봉으로 산행을 떠났다. 산행 중에도 마스크를 쓴 것은 물론이고, 도시락도 각자 준비해야 했다. 산을 오를 때도 일정 거리를 유지하며 따로 걸었다. 당시에는 감염될 경우 위치추적까지 당해야 했기 때문에, 교사들이 코로나 시기에 단체로 산행을 가는 건 위험 부담이 컸다. 처음에는 모두 앞만 보고 묵묵히 걸었지만, 얼마 지나지 않아 자연을 즐기기 시작했다. 먼저 가서 쉬는 선생님도 계셨고, 산 중턱에서 풍경을 보며 그림을 그리는 분도 있었다. 오랜만에 학교를 벗어나, 중간중간 마스크를 살짝 내리고 바람을 맞으며 그간의 시름을 날려버렸다. 처음 나가는 활동에 선생님들이 만족해했다. 그렇게 또 다음 모임까지 기약했다.

다음 날 다른 교무실에 계신 최 선생님에게서 연락이 왔다. "선생님, 저도 혹시 동아리에 가입할 수 있을까요?" 2년 차 기간제 교사로, 최근 학생들과 갈등으로 힘들어하셨던 분이었다. 수학 과목을 담당하면서 시험 문제 오류로 민원이 잇따라 어려움을 겪고 있었다. "저도 산을 좋아합니다. 함께할 수 있을까요?" 그 후, 기말고사 기간 중 20여 명의 교사가 함께 두 번째 산행을 나서게 되었다. 여전히 마스크를 쓰고 거리를 두고 식사했지만, 산을 오르며 서로의 이야기를 나눌 수 있었다. 그 과정에서 최 선생님의 아버지가 아프신 사연도 들었다. "선생님, 그렇게 힘든 일을 잘 견디셨네요. 대단하세요." 이 한 마디에 최 선생님의 눈에 눈물이 맺혔다. 산을 열심히 오르고, 신선한 공기를 마시니 마음이 조금씩 녹아내리는 듯했다.

그 후 최 선생님은 마음을 열고 점심시간마다 산에 오르자고 찾아왔다. 명색이 동아리 회장인데 피곤하다고 회피할 수 없었다. 그렇게 한 달 동안 매일 같이 학교 뒷산을 오르며 최 선생님의 체력도 많이 좋아졌다. 이후에는 헬스장도 다니며 체력도 놀랄 만큼 좋아졌고, 자신감이 생긴 모습이었다. 학생들을 대할 때 눈빛이 전과 달랐다. 외유내강형의 단호한 카리스마가 느껴졌다. 꾸준한 산행을 통해 몸과 내면의 변화가 일어나면서 그의 삶 전체가 변화하고 있었다.

박 선생님은 자연인이 다 되셨다. "지부장 덕분에 산을 다시 타게 되었어요. 30년 만에 배낭을 메고 산에 간 거죠." 선생님의 옛 이야기를 들으며, 배우자의 수술과 입원 치료, 그리고 인생의 어려움에 대해서도 나누었다. 선생님은 세 자녀를 두고 학교에서 승승장구하던 촉망받던 교사였지만, 배우자가 아프면서 모든 것을 포기하게 되었다. 학교 일을 피하다 보니 나이가 들면서 관리자로부터 눈치를 보게 되셨다고 했다. 산행은 그러한 선생님에게 자신감을 되찾아 주었단다. 이후로도 계속 산에 다니며, 나도 몇 번 함께 했다. 한 번은 속리산 남쪽 묘봉을 함께 올랐는데, 이제는 산행 속도도 나보다 더 빨라졌다. 물이 있으면 입수를 하고, 풍광이 좋은 곳에서는 멈춰 자연 바람을 즐기셨다. 그렇게 자연을 사랑하는 멋진 선생님으로 살아가고 계신다.

"사실 명예퇴직하려고 했는데, 지금은 생각이 바뀌었어요. 정년까지 다닐 수 있을 것 같아요." 산행을 통해 가장 큰 변화는 자신을 사랑하게 되었다는 것이었다. 선생님들도 학생들처럼 동아리가 필요하다. 정기 산행은 학교 시험 기간 중에 연 4회 진행되었고, 가까운 금오산, 팔공산, 황매산 등을 다녔다. 특별 산행으로 시간이 맞는 선생님들끼리 설악산, 지리산, 소백산을 올랐다. 건강이 좋아지고 정신이 맑아지며 스트레스를 이겨낼 충분한 힘을 얻었다.

동의보감에 "약보다는 식보가 낫고, 식보보다는 행보가 낫다."라는 말이 있다. 교직원 등산동아리를 통해 함께 걸으며 좋은 음식을 먹으며 이야기 나누는 시간이 바로 보약을 먹는 시간이었다. 선생님들과 교류하며 더 가까워지고, 나 자신도 건강해졌다. 교사들 또한 학생들처럼 서로 어울리면서 함께 성장함을 경험하고 있다.

9.

나의 영원한 멘토들

교장 선생님의 퇴임식

"노군이 교무실로 찾아왔을 때 지부장이 찍어준 사진 기억나지? 그 사진을 선생님들께 보여줬더니, 다들 너무 좋아하시더라구. 교감이 학생하고 사진 찍기 쉽지 않거든. 그때 노군 기억나나? 그 친구가 지부장님을 만나서 정말 잘됐었지. 2학년 때까지는 보통 학생이 아니었어. 그 친구 때문에 수업마다 울고 나오는 선생님들이 얼마나 많았던지. 그런데 그 친구가 그렇게 바뀔 줄 누가 알았대. 내 명예퇴임이라고 학교 선생님들이 사진을 달라고 해서 여러 장을 보내줬는데, 다른 사진들은 다 제쳐두고 꼭 그 사진을 써야 한다고 하더라. 학생과 함께 찍은 그 사진이 마음에 든다고 말이야. 그때 노군이 특전사 부사관으로 학교에 찾아왔을 때, 정말 멋지더라. 선도위원회 있을 때 내가 몇 번 혼냈던 것 같은데, 군복을 입고 있는 모습을 보니 얼마나 감개무량하던지. 그때 지부장님이 아이들 데리고 자전거도 타고 운동도 하면서 아이들이 정말 좋아졌지. 지부장님은 정말 보람되겠더라."

사실 교감 선생님이 말씀하시는 주호는 내가 2019년에 발령받아 가기 이전부터, 그 학교에서 문제를 많이 일으켰던 학생이었다. 에너지가 넘쳤지만, 그 에너지를 잘못된 방향으로 사용했기 때문에 선생님들 입장에서는 지도하기 어려운 학생으로 여겨졌다. 게다가 덩치와 목소리가 크고, 선생님의 지시가 마음에 들지 않으면 반항적인 모습을 보였기 때문에 주호 반을 맡기 꺼려하는 선생님들이 많았다. 그런데 이 학생이 3학년이 되었을 때 내가 담임을 맡게 된 것이다. 우연히도, 내가 이전 학교에서 지도했던 2학년 학생 중 한 명이 주호의 친구였고, 그 학생이 발령 나기도 전에 나에 대해 과장된 소문을 퍼뜨렸다. 그 덕분에 주호를 비롯한 학생들이 나를 어렵게 생각하고 있었지만, 그로 인해 지도하기는 훨씬 수월했다. 주호 담임이 되고나서 주호와 친했던 내 전임 학교의 문수라는 학생이 연락해 왔다. "선생님 사실 제 친구 그렇게 문제 학생이 아니에요. 선생님 반에 들어갔다고 해서 걱정은 안 되는데요. 학교의 여러 선생님 눈밖에 났다고 생각해서 마음고생 하는 것 같더라구요." 주호 역시 여러 선생님들한테 잘못 보인 것이 신경이 쓰였나 보다. 나 역시 주호를 문제 학생으로만 보고 싶지는 않았다. 주호 역시 한 가정의 귀한 자녀이고 꿈이 있는 학생일 것이기 때문이다. 나도 그 꿈을 존중해 주고 싶었다.

　주호의 꿈은 군인이 되는 것이었다. 어릴 적부터 아버지에게 군대 이야기를 들으며 자랐고, 유도를 해서 체력에도 자신이 있었다. 나 역시 군대에서 장교로 생활한 경험이 있었기에, 군대 이야기를 같이하며 가까워졌다. 함께 족구도 하고, 야간 자습 시간에는 부사관 시험 준비를 도와주기도 했다. 지쳐 있을 때 정신적으로 힘을 실어주며 그가 목표를 잃지 않도록 했다. 그렇게 조금씩 주호가 변해갔다.

결국 주호는 특전사 부사관에 합격했다. 훈련을 마치고 내게 인사하겠다고 학교에 왔을 때, 가장 먼저 교장 선생님과 교감 선생님께 인사드리도록 했다. 교감 선생님께서는 선도위원회에서 몇 번 마주했기 때문인지 더욱 감격스럽게 주호를 반겨주셨다. 그날 찍은 사진이 바로 명예퇴임식 때 사용하신 사진이었다. 이후에도 주호는 학교를 종종 방문했다. 코로나 시기에는 함께 도시락을 사서 학교 뒷산에 올라 밥을 먹기도 했다. 한번은 학교 일에 치여서 힘이 들어 보였는지 주호가 내게 말했다. "선생님은 절대 지치시면 안 됩니다. 선생님은 앞으로 멋진 제자들을 많이 만나시겠지만, 우리에게는 선생님이 유일한 스승이십니다." 학생들을 가까이서 지도하는 교사들도 그렇지만 관리자로 계시는 교장, 교감선생님도 학생이 바뀌는 모습을 보는 것이 가장 기억에 남고, 그 순간이야말로 교사로서의 가장 큰 보람이라고 생각하시는 것 같다. 나도 교장 선생님처럼 훗날 학생들과의 추억들을 떠올리며 행복하게 퇴임하고 싶다.

영원한 멘토, 부장님의 가르침

"부장님, 어제도 열두 시 넘어서 들어가셨나요?"

"어제는 애들 자기소개서 봐주다 보니 두 시 정도 됐어. 그냥 근처에서 방 잡고 잤다."

진학지도 철만 되면 학생들을 위해 밤을 거의 새우다시피 하시는 선생님. 학생들을 지도할 때는 누구보다 엄하지만 많은 학생들이 따르는 인기 있는 선생님이셨다. 아무리 거칠기로 유명한 학생도 이 선생님 앞에서는 순수한 소년, 소녀가 된다. 게다가 누구 하나 불만을 품지 않을 정도로 따뜻하고 공정하게 일을 처리하신다. 교직 2년 차에 만난 이 분은 마치 다른 차원에 계신 분처럼 느껴졌다.

그 시절, 부장님은 거의 퇴근하지 않으시고 학년의 모든 일을 꼼꼼히 챙기셨다. 후배 교사들이 물어보는 일에는 누구보다 친절하게 알려주셨고, 특유의 유머와 위트를 섞은 수업은 학생들 사이에서 큰 인기를 끄셨다.

당시 학생부종합전형을 위해 프로그램에 대해서도 자주 논의했는데, 영미문학비평대회도 이때 나오게 되었다. 대회를 몇 번 치러보면서 나 역시 영어 원서 읽기 수업에 대한 계획을 구체화할 수 있었다.

생활지도에 있어서도 부장님은 유연한 생각과 장기적 안목을 가지고 계셨다. 당시 학교 근처 효자봉을 오르며 환경 정화를 하는 활동을 포함한 등산동아리 CON을 만들어 운영하셨다. 3학년 부장님을 맡으시면서 바쁜 상황이 반복되었고, 이듬해에는 내가 동아리를 이어받게 되었다. 산행을 좋아하고, 인생에서 큰 비중을 차지하는 나만의 경험을 살려 산행을 발전시키는 방법을 고민했다. 그렇게 탄생한 것이 바로 사제동행 등산 활동이었다. 금연 캠페인, 학부모와 학생이 함께하는 산행 프로그램, 숲길 가꾸기, 둘레길 가꾸기 프로젝트 등을 차례로 만들어 운영했다. 그 모든 출발점에는 늘 부장님이 계셨다.

누군가 힘들 때 도움을 주는 것은 어렵지 않다. 하지만 잘하고 있을 때 진심으로 칭찬하는 일은 쉽지 않다. 부장님은 후배 교사들이 잘되는 것을 누구보다 기뻐하시고 보람으로 여기셨다. 그만큼 본인의 마음에 여유와 깊이가 있기도 하셨다. 다른 학교로 전근 가신 후에도 학생 지도와 진학지도가 막힐 때면 부장님께 조언을 구하곤 했다. 학생들을 진심으로 위하는 마음으로 온 힘을 다하시는 모습이 늘 대단하다고 느껴졌다. 오랜만에 만나도 언제나 반갑고 그리운 분이며, 내게는 변함없이 '영원한 멘토'로 남아 계신다.

학생들을 가르치고 교육하는 일이 이제는 많은 교사들에게 서글픈 일이 되고 말았다. 특히 최근의 서이초 사건 이후, 많은 교사들이 자신에게 그런 일이 벌어지지 않아 다행이라고 느끼면서도, 내심 불안감을 떨치지 못하고 있다. 누구나 이런저런 불안 요소를 안고 있지만, 이런 상황에서 위축될 필요는 없다. 이럴 때일수록 우리 교사는 자신의 강점을 발휘하고, 변화하는 환경 속에서 새로운 지도 방식을 모색해야 한다. 그것이 곧 학생들에게는 희망을 주고, 우리 교사들에게는 즐거움을 더하는 방법이 되기 때문이다.

학생들과 함께 성장한 발자취

"인생의 짐을 함부로 내려놓지 마라. 지고 가는 배낭이 너무 무거워 벗어버리고 싶었지만, 참고 정상까지 올라가 배낭을 열어보니 먹을 것이 가득하더라."

코미디언 이경규 님의 명언인데 내가 학생들과 함께 부대끼며 지나온 길과도 닮아 있다. 학생들을 설득해야 하고, 때로는 안전사고 염려로부터 여러 눈치들도 살펴야 하는 상황들이 힘들고 무거운 여정으로 느껴질 때도 있었다. 그러나 학생들이 성장하는 모습을 보며, 그 과정이 결코 헛되지 않았음을 깨달았다. 지난 10여 년 동안, 등반 88회에 학생과 학부모, 교사 598명이 함께 정상에 올랐고, 헌혈 46회에 329명이 참여해 헌혈증 517매를 기부했다. 자전거로는 25회, 총 1,655km를 82명의 학생들과 주행했다. 이 모든 활동은 단순히 기록을 쌓은 것이 아니라, 함께 나누고 성장하며 우리 안에 깊이 새겨진 발걸음이었다.

학생들과 함께 걸었던 모든 시간은 무거운 배낭을 짊어진 긴 여정과 같았다. 그 무게를 견뎌내고 정상에 도달했을 때, 배낭 속에는 학생들과 함께 나눈 따뜻한 기억과, 서로를 성장하게 한 값진 성과들로 가득했다. 학생들과의 여정은 계속된다. 우리는 또 다른 정상에 도전할 것이다. 그리고 그 길 위에서 함께 새로운 추억을 쌓아가며, 더욱 단단하게 성장할 것이다.